KB235630

이동식의 걷기

인생은 걷기에서 시작된다

이동식의 걷기

지은이 이동식
펴낸이 이충석
꾸민이 성상건

펴낸날 2011년 5월 25일
펴낸곳 도서출판 나눔사
주소 (우) 122-943 서울특별시 은평구 진관내동 529-1
전화 02)359-3429, 359-3453   팩스 02)355-3429
등록번호 2-489호(1988년 2월 16일)
이메일 nanumsa@hanmail.net

ⓒ 이동식, 2011

ISBN 978-89-7027-069-2-03810

값 12,000원
잘못된 책은 바꾸어 드립니다.

이동식의 걷기

글 이동식

사진
장진희
이동훈
이정수
국립공원관리공단

나눔사

생명의 바다
(Oil and mixed media on blackboard)
163×240cm, 2008 사석원

여행 바이러스

근래에 신종플루가 맹렬한 기세로 지구를 번져 적지 않은 사람들이 목숨까지 잃었지만 지구에는 그보다도 먼저 이미 다른 종류의 플루가 휩쓸고 지나갔고 그 플루에 감염돼 있는 상태이다. 치료약도 없다. 그 플루의 이름은 무엇일까? 바로 여행이다.

여행은 무엇일까?

일찌기 이 병에 걸려 수많은 시간을 저녁해를 보며, 별을 보며, 달을 보며 다리 품을 팔던 많은 사람들이 물어본 질문이다. 그들이 얻은 답변, 그들이 대답하는 여행이란 이런 것이란다.

* 여행은 일상탈출이다.

* 여행은 느낌표다.
* 여행은 나를 찾아 먼 길을 가는 것이다.
* 여행은 자기 자신을 떠나서 또 다른 자신을 만나는 일이다. 예전에 알고 있었던 반가운 자신을.
* 여행은 무지개빛 하늘을 바라보며 행복의 피안으로 떠나는 것이다.
* 진정한 여행은 새로운 풍경을 보는 것이 아니라 새로운 시야를 갖는 것이다.
* 여행은 환상이다.
* 여행은 눈에 보이는 것과 원하는 것과의 끊임없는 비교이다.
* 여행은 무작정 떠나도 좋은 인생의 꿀맛 같은 것이다.
* 여행은 아이스크림과 같다. 녹기 전에 빨리 먹어야 제 맛이다.
* 여행은 어떤 목적지에 가기 위해서가 아니라 그냥 가는 것이다. 여행 그 자체를 위해 여행은 존재한다. 그냥 움직이는 것 자체가 가장 멋진 일이다.
* 여행은 바람따라 길따라 자연스럽게 떠나서 청자빛 밤하늘에 무수한 별을 보는 곳만으로도 충분하다.
* 여행을 떠나는 사람들의 마음에는 숲 속의 새소리와 자연의 바람소리로 가득찰 것이다.

여행이란 앞이 보이지 않는 긴 그라운드를 달리는 마라톤 같은 인생에서 그래도 한 번은 내 삶의 긴 호흡을 위한 쉼표가 있어야 할 것 같기에 준비하는 작은 여유, 큰 변덕임을!

나에게 여행이란 나를 위해서 해 줄 수 있는 선물이고 그 선물을 통해 치유를 얻는 나는 다시 제자리에 설 수 있게 된다는 것을! 인간이란 누구나 이 세상에서 힘들고 고된 여행을 하도록 정해져 있다는 사실을!

인생은 걷기에서부터 시작한다.

우리 함께 여행을 하지 않으련가?
우리 어디론가 같이 걸어가지 않으련가?
우리 함께 또 다른 나를 보고 싶지 않은가?
우리 함께 일상을 탈출해서 바람 속에서 별을 보지 않으련가?
우리 함께 녹기 전에 인생의 아이스크림을 맛보지 않으련가?

여러분을 여행길에, 여러분을 걷기에 초대한다.

「여행가」, 사진 _ 장진희

leave;

episode _ ❶

떠나기

우리는 일하는 동안 자주 고개를 들어 어딘가 허공을 보는 습관이 있다.
무엇인가에 대한 동경憧憬이 아니고는 설명이 되지 않는다.

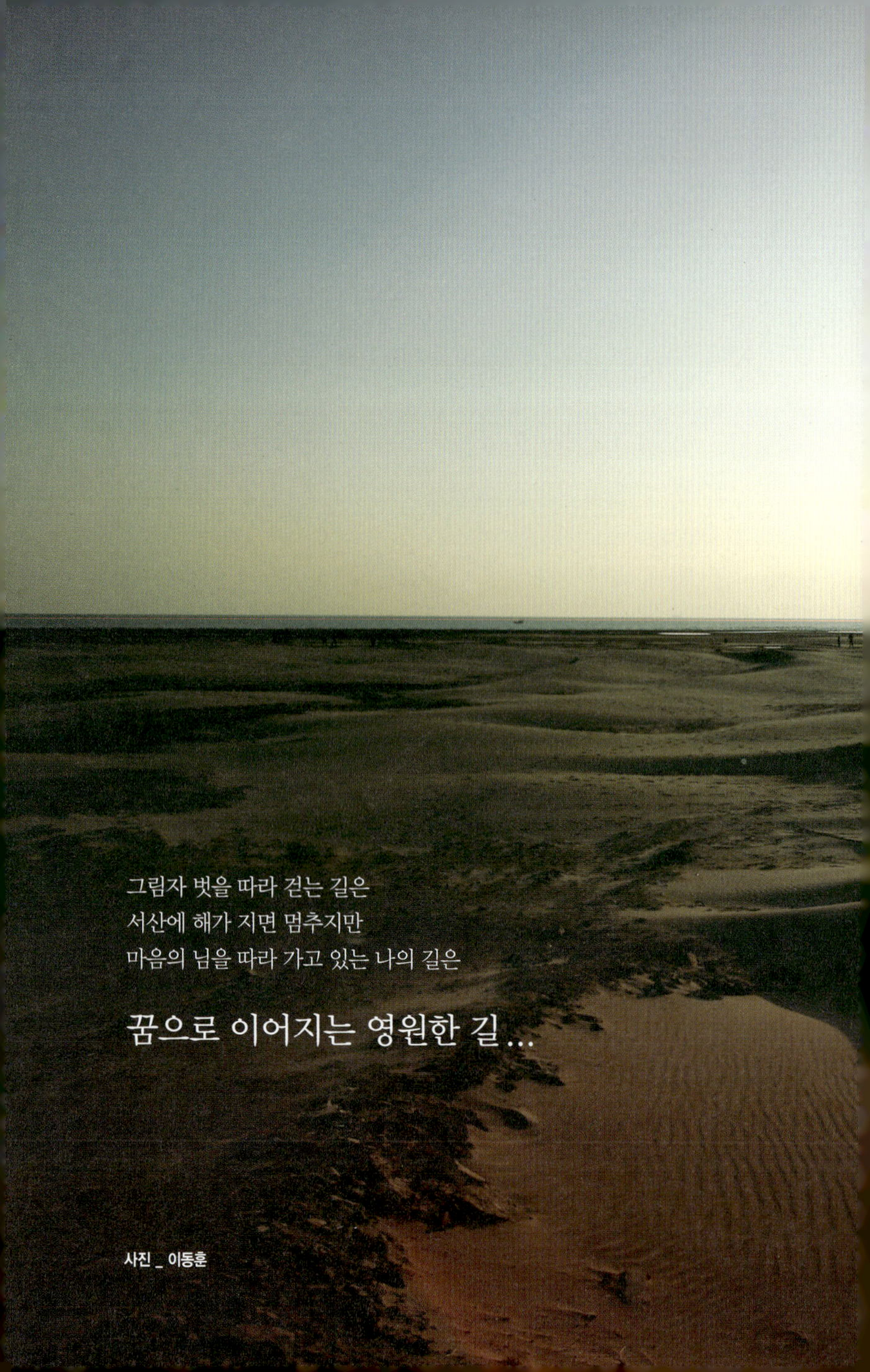

그림자 벗을 따라 걷는 길은
서산에 해가 지면 멈추지만
마음의 님을 따라 가고 있는 나의 길은

꿈으로 이어지는 영원한 길...

먼 곳에의 그리움

우리는 일하는 동안 자주 고개를 들어 어딘가 허공을 보는 습관이 있다. 우선은 눈의 피로를 덜기 위한 본능적인 움직임이겠지만 그것으로 설명이 끝나지 않는다. 아마도 눈 앞에서 벌이지는 온갖 일들에 대한 시각적인 도피, 또는 휴식을 위한 움직임일 것이다. 아니면 무엇인가에 대한 동경憧憬이 아니고는 설명이 되지 않는다.

동경이란 말, 두 글자 모두에 심방 변忄이 들어가 있는 것을 보니 마음의 움직임을 뜻하는 말일 것인데, 사전을 보니 두 가지 뜻이 있다.

① 무엇이 그리워서 마음이 팔려 그것만을 생각함
② 마음이 스스로 달떠서 가라앉지 아니함

마음이 팔리고 달뜨는 것은 보이지 않는 것, 곧 눈 앞의 것이 아닌 멀리 있는 것에 대한 그리움이라고 설명해서 별 문제가 없을 것이다. 그런 그리움, 동경에 관해서 독일어가 잘 설명하고 있다. 대체로 독일어라는 것은 딱딱하고 정감이 없는 개념어 일색이란 비판을 듣지만 때로는 매력이 있어 보이는 경우도 있다. 어쩌면 그 언어도 중국의 한자와 비슷한 구성법을 갖고 있기 때문에 가능한 이야기이다. Fernseh라는 단어가 있다. fern은 '멀다遠', seh는 '보다' 라는 뜻의 동사 sehen에서 나온 말로 '봄視' 이란 뜻이니까 이 단어는 멀리서 보는 것이란 뜻의 텔레비전이 된다. 중국에서는 전기를 통해 멀리서 볼 수 있는 것이란 뜻으로 전시電視라는 말이 텔레비전의 번역어로 쓰인다. 같은 원리로 Fernweh가 있다. weh는 '불다', '전달하다' 라는 뜻의 wehen에서 나온 말이니까 멀리 전달되는 그 무엇, 곧 '동경憧憬' 이란 뜻이 된다. 그러면 Fernweh는 먼 데에 대한, 먼 곳에 대한 그리움이란 뜻이 된다. 유명한 여성 수필가 전혜린(1934~1965)의 '먼 곳에의 그리움' 이란 글이 바로 그 정곡을 찔렀다.

먼 곳에의 그리움

그것이 헛된 일임을 안다

그러나 동경과 기대 없이 살 수 있는 사람이 있을까?
무너져 버린 뒤에도 그리움은
슬픈 아름다움을 지니고 있다.

인생의 시작단계에서는 모든 것이 멀고 아득했기에 바라보고
기대하는 것이 정말로 많았다. 우리의 앞은 멀고도 멀었고 기대
하고 볼 것도 너무나 많았다. 그러다가 점점 나이를 먹자 눈앞
에 놓인 것들의 거리가 점점 짧아지면서, 멀리 보이는 것도 성
글어지고 종국에는 없어지는 것이라 하겠다. 그런데도 아직도

먼 곳에의 그리움을 안고 사는 사람들이 있다면 그들은 행복한 사람들이다. 그들은 일생을 동경과 기대로 사는 사람이기 때문이다. 다만 일생을 뭔가를 끊임없이 꿈꾸며 살아온 전혜린 같은 여성에게는 그 그리움이, 우리 같은 결혼한, 아무 꿈도 없는 중년의 남자들과는 다른 것 같다.

바하만의 시구詩句처럼 '식탁을 털고 나부끼는 머리를 하고' 아무 곳이나 떠나고 싶은 것이다.
먼 곳에의 그리움(Fernweh)!

모르는 얼굴과 마음과 언어 사이에서 혼자이고 싶은 마음!

텅 빈 위胃와 향수를 안고 돌로 포장된 음습한 길을 거닐고 싶은
욕망.

아무튼 낯익은 곳이 아닌 다른 곳으로,

모르는 곳에 존재하고 싶은 욕구가 항상 나에게는 있다……(중략)

내 영혼에 언제나 고여 있는 이 그리움의 샘을

올해는 몇 개월 아니, 몇 주일 동안만이라도 채우고 싶다.

사실 계절이 바뀌면 사람들의 마음이 들뜬다. 그리고 어딘가
로 떠나고 싶다.

꼭 여자만이 그럴까? 남자들도 훌훌 털고 떠나고 싶다.

그런데 굳이 떠난다고 한다면 남자들의 경우가 더 쉬울 터이니
까, 남자에 비해서 상대적으로 떠나기가 쉽지 않은 여성들의 경
우에는 그 떠나고 싶은 욕망, 갈증이 더 강하리라. 우리 그 잘난
한국남자들은 평소 집안 일에 얽매이지 않는 것을 무슨 큰 훈장
이나 되는 것처럼 떠들고 유세하고 다니고, 그러다 보니 여차하
면 맡기고 떠날 사람이 집에 있는 셈이고 막상 떠나서 가다보면
들릴 막걸리 집이라도 있지만, 한국의 여자들의 경우에는 기껏
혼자서 찾아 갈 해변이나 낙엽 쌓인 오솔길이나 있을 뿐이다(요
즈음에는 멋진 경치를 눈 앞에 걸고 있는 카페에서 향기로운 커

피가 유혹하고 있어서 그 유혹에 더 넘어가기 쉽지만). 그러기에 여자들에게 있어서 떠난다는 것은 더욱 호젓하고, 나만의 추억을 만들 수 있고, 보다 개인적이고 사적私的인 공간인 셈이다.

그림자 벗을 따라 걷는 길은
서산에 해가 지면 멈추지만
마음의 님을 따라 가고 있는 나의 길은
꿈으로 이어지는 영원한 길

이탈리아의 지아니 모란디(Gianni Morandi)가 부른 유명한 칸초네인 '방랑자(Vagabondo)'를 우리나라의 가수 박인희가 번안해 부른 것을 들어보면 그녀의 목소리가 맑고 보드라워서 그런지 이 경우 길을 떠남은 약간 달콤한 추억을 연상시키지만, 원래 이탈리아어로 부르는 것을 들으면 약간 칼칼한 맛으로 해서, 늦가을의 찬바람을 얼굴에 맞는 느낌이 있다.

사람들은 왜 방랑자가 되어 그리 자꾸 떠나려하는가? 그 미지의 곳에 무슨 그리움과 동경이 있어서 그런 것인가?

Fremd bin ich eingezogen 이방인으로 나는 왔다가
Fremd zieh' ich wieder aus 다시 이방인으로 갑니다

　　그렇다. 슈베르트의 연가곡집 《겨울나그네》의 첫 머리를 장식하는 이 귀절처럼 우리들은 이 세상에 이방인으로 왔다가 이방인으로 가는 것이다. fremd라는 단어를 이방인이라고 번역을 하지만 뭐 나그네, 길손이란 느낌이 더 강한 것이 아닌가? 그러기에 이 노래가 노래집 《겨울나그네》의 첫 머리에 올라온 것이리라. 어디엔가 영원히 안주할 수 없고 항상 불안한 마음으로 어디엔가 가야만 한다는 강박관념이 있는데, 그것은 안주는 곧 인생의 정체, 혹은 퇴보가 아니냐는 불안감이 나그네에게 늘 따라다니기 때문이리라. 그러기에 틈만 나면 어디엔가 떠나고 싶은 것이다. 그런 사람이 방랑자이다. 그리고 그 사람의 그런 마음은 흐르는 바람을 얼굴에 맞는 계절이 되면 마치 심장에 전기가 꽂히는 것처럼 떠나려는 충동과 욕망이 더 강해지는 것이리라.

「노고단의 여름」, 사진 _ 국립공원관리공단 | 김유종

"그 곳. 네가 없는 그 곳에 행복이 있다"

_ G.F. 슈미트 '방랑자' (放浪者, Der Wanderer)

사진 _ 이동훈

나는 조용히 계속 나아간다. 나는 불행하다.
그리고 언제나 탄식하며 묻는다. 어디에? 언제쯤 어디에?
유령 같은 바람사이로 내 등 뒤에서 소리가 들린다.

방랑자!

현대에 와서 이 말은 더욱 더 힘을 얻는다. 어딘가 정주하지 못하고 떠돌아다니는 사람들. 현대의 방랑자는 이른바 디지털 유목민이라고 부르는 사람들이다. 예전에 공기 중에는 아무 것도 없었지만 지금은 방송의 전파라던가 핸드폰을 이어주는 메시지, 군대나 경찰 등의 교신 등 수백만 수천만 가지의 메시지가 늘 떠돌아다닌다. 그러기에 그러한 디지털 메시지가 사람들을 들뜨게 하고 뭔가 움직여야 한다는 강박관념을 주는 것이니 현대인들이 더 어디론가 떠나고 싶어 하는 것도 비난할 수 없는 현실이다.

나는 이럴 때, 어딘가 떠나고 싶은데 떠나지 못하는 때에는 슈베르트의 피아노 환상곡인 '방랑자'를 찾는다. 예전 LP판으로 나온 이 음반의 자켓이 너무 매혹적이었던 까닭에 일찍부터 사서

프리드리히 「안개바다 위의 방랑자」

듣던 것, 그 자켓에는 카스파르 프리드리히(Caspar Friedrich, 1774-
1840)라는 네덜란드 화가의 그림 '안개바다 위의 방랑자'가 올려
져 있었다. 어떤 중년의 남자가 산 위에서 먼 곳을 응시하고 있는
뒷모습이 애잔한 향수를 주는 그림. 눈앞의 산봉우리를 뒤덮고
있는 안개들에는 삶의 애환과 희망과 슬픔과 눈물과 기쁨이 다

잠겨 있다. 저 멀리 혹은 가까운 어딘가에 우리가 지나온 과거가 있고 또 우리가 가야 할 미래가 있다. 낭만주의의 특징이라 할 먼 곳에 대한 동경, 지적 자유에 대한 희구, 이 세상의 근원에 대한 본질적인 탐구 등이 이 그림 하나에 다 담겨 있는 듯하다.

마우리치오 폴리니(Maurizio Pollini)가 연주한 이 피아노곡의 자켓에 과연 가장 잘 맞는 그림이 아닐 수 없다. 그런데 하필 음악을 별로 많이 듣지도 않던 시절에 왜 '방랑자'라는 곡이 눈에 들어왔을까? 아무래도 내 마음에도 방랑자 기질이 있어서일 것이다. 그것은 나만의 기질은 아니고 현대인들 누구에게나 있는 기질이겠지만 아무튼 그런 기질이 발동했기에 그 곡이 손에 들어온 것이리라. 그런데 아는가? 그 피아노환상곡으로 된 이 4악장의 곡이 원래는 '방랑자'라는 가곡이 원곡으로 있었고, 그것을 확대해서 피아노곡으로 다시 만든 것이라는 것을? 슈베르트는 당시에 인기 있던, G.F.슈미트란 사람이 쓴 '방랑자(放浪者, Der Wanderer)'라는 시가 맘에 들었는지 이것을 처음 노래로 만든다.

나는 산에서 이곳으로 왔다
계곡은 김을 내뿜고 바다는 울부짖는다
나는 조용히 계속 나아간다. 나는 불행하다

그리고 언제나 탄식하며 묻는다. 어디에? 언제나 어디에?

이곳의 태양은 내게 너무나 차갑게 느껴진다
꽃들은 시들고 삶은 오래되고
그들이 하는 말은 공허하게 들린다
나는 어디에서나 이방인이다

이 시는 이처럼 힘든 사람들의 상황을 절절이 묘사하지만 단순히 방랑하라고만 하지 않고 해답을 제시해준다. 마지막 연聯을 보면 그 해답이 있다.

나는 조용히 계속 나아간다. 나는 불행하다
그리고 언제나 탄식하며 묻는다. 어디에? 언제쯤 어디에?
유령 같은 바람사이로 내 등 뒤에서 소리가 들린다
"그 곳, 네가 없는 그 곳에 행복이 있다"

이 노래 자체는 지칠 대로 지쳐버린 방랑자의 실의失意와 동경을 낭만적인 정신으로 노래한 그의 초기 가곡 중의 걸작으로 손꼽힌단다. 이 곡을 만들 때 슈베르트의 나이는 19살이었고 이 때 그는 불우했었다. 아버지와 싸워 집을 나가서 친구의 집에 얹혀

살게 되는 사건이 있었다. 정신적으로도 고통이 많아서 '비극적'이라고 스스로 악보에 적은 제4교향곡을 쓴 해였다. 이런 때인 만큼 슈미트의 가사가 마음에 절절히 다가왔을 것이다. 아주 우울한 전주로 시작되어 쓸쓸한 절망의 심정을 노래하고 있다.

슈베르트는 이 곡을 만들고는 6년 후에 앞에서 말한 환상곡 '방랑자(다장조 작품 15)'를 완성한다. 그는 이 곡을 에마누엘 카를 폰 리벤베르크 공에게 헌정하였다. 전 4악장으로 이루어진 피아노곡으로서, 장중한 제1악장, 침울하고 환상적 《방랑자》를 주제로 한 변주곡 형식의 제2악장, 그리고 정열과 아름다움과 힘이 종합된 제3악장, 제1악장을 재현하는 제4악장으로 되어 있다. 끝곡의 처량한 분위기는 리스트가 편곡을 해 주어 더욱 멋있게 되었다고 한다.

30대 후반, 한창 회사에서 일이 많고 밤 샐 일도 많아, 당직을 한다고 밤을 세우고 돌아가는 날이면 나는 오후에 졸린 눈으로 일어나 이 곡을 틀어놓는다. 현존하는 최고의 피아니스트로 평가되는 마우리치오 폴리니(Maurizio Pollini 1942~이탈리아)를 좋아하게 된 것도 이 곡 때문이었다. 그 연주가 좋아서 나중에 브람스의 피아노 5중주곡도 폴리니 연주를 찾는다. 확실히 손가락 끝에 힘이 넘치며, 그 피아노 소리가 심장을 해머처럼 두들긴다.

‘먼 곳에의 그리움’은 누구에게나 그런 많은 상념과 추억의 당의정이다. 먼 곳에의 그리움은 전혜린처럼 혈관 속에 어쩌면 섞여 있을지도 모를 한 방울의 집시의 피 때문에 생겨난 것인지도 모르겠다. 어쨌든 계절이 바뀌면 하늘을 올려다보는 기회가 많아진다. 지난 계절의 그 찬란했던 꿈은 과연 얼마나 이루어지고 얼마나 성숙했는가? 우리는 언제 그 못 이룬 꿈의 어느 것을 찾아내어 다시 불을 붙여야 하나?

모든 플랜은 그것이 미래의 불확실한 신비에 속해 있을 때만 찬란한 것이 아닐까? 이루어짐 같은 게 무슨 상관 있으리오? 동경의 지속 속에서 나는 내 생명의 연소를 보고 그 불길이 타오르는 순간만으로 메워진 삶을…… 설계하려는 것이다. 아름다운 꿈을 꿀 수 있는 특권이야 말로…… 우리에게 주는 아마 유일한 선물이 아닌가 나는 생각해 본다.

【전혜린 ‘그리고 아무 말도 하지 않았다(1966)’ 중에서】

오늘 창밖의 하늘에 잿빛 구름이 짙게 깔린 것이 마치 안개바다 같아서, 그것을 굽어보는 나 자신이 프리드리히가 그린 그 그림의 주인공이 된 것 같은 착각 속에 시간과 공간의 추억 속에 빠져 버린다. 대 지진이다, 해일이다, 원전붕괴다, 방사능 오염이다. 등등 불확실성이 더 많아진 지금, 혹 구름 저 속, 혹은 저 너머에 우리가 잡으려다가 잡지 못한 꿈이 있는 것인 양 허공에 대고 손을 뻗어본다. 어디 이 일상을 벗어나서 마음 놓고 달려갈 수 없는 이 현실 속에서 구름너머 저 먼 곳을 바라보며 우리가 잃어버린 낭만과 사랑이 있을까도 생각해본다. 그리곤 그 곳으로 훌쩍 떠나고 싶은 것이다.

문득 다시 슈베르트의 '방랑자' 라는 피아노 환상곡을 들어본다. 도입부의 그 강력한 망치소리로 점차 혼미해지는 감성을 깨어나게 해서 다시 작동시키면서 말이다. 그래 우리에게도 동경憧憬이 있었지! 우리에게 아직도 저 구름 밑으로 갈 길이 많이 남아 있지. 그 곳에 있는 어떤 사람에게, 멀리 있는 연인에게(an die ferne Geliebte) 나도 시인 고은처럼 편지를 써야겠다. 누구라도 그대가 되어 받아주겠지……

그리고는 그것으로도 채워지지 않는다면 일이고 뭐고 다 팽개치고 걱정도 근심도 혹은 못 이룬 것에 대한 미련도 훌훌 털어버리고 무작정 떠나는 거다. 지금!

"나는 생각한다. 고로 나는 존재한다."
이 말은 프랑스의 철학자 데카르트가 한 말일 게다.
그런데 요즈음 우리 한국에 불어닥친 새로운 걷기
열병을 경험한 사람들은 이렇게 말할 것이다.

"나는 걷는다. 고로 나는 존재한다."

나는 걷는다

"갑자기 제 몸이 없어져 버렸습니다. 손과 발이 어디에 있는지, 몸통이 어디에 붙었는지 전혀 느낄 수 없었습니다. 마치 칠흑 같은 어둠 속의 촛불 하나처럼 그 부분만이 나와 단절되어 허공에 떠 있으면서 감각을 보내고 있었습니다. 머리는 정적의 한 가운데에 있는 양 한없이 고요하고 맑았습니다."

누구일까요, 이런 느낌을 가지신 분들은?

아마도 선방에 앉아서 오래동안 참선을 하신 분들이 아닐까? 무아경 속에 들어가서 삶의 본질에 대한 해답을 추구하다 보면 자신도 모르는 순간에 이런 상태로 돌입한다고 한다.

그런데 이 느낌은 우리에게도 아주 생소하지는 않다. 가끔씩 먼 길을 걸어가는 경우 어느 어스름한 초저녁, 몸이 지치고 무거웁지만 멀리 불그스레 물드는 서쪽 하늘을 볼 때, 초저녁 아직도

파란 기운이 사라지지 않은 하늘에 별이 반짝일 때에, 그만큼 몸이 지치고 힘들 때에 우리들은 이런 해방감을 느낀다. 그리고 저녁 때의 그 완전한 휴식, 이것은 여행, 그 가운데서도 걷는 여행을 통해서만 느낄 수 있는 독특한 체험이자 행복감이다.

기원전 3천년, 그러니까 지금으로부터 거의 5천 년 전에 이런 새로운 경지를 개척한 사람이 있었다. 그의 이름은 길가메시(Gilgamesh), 오늘날 중동이라고 부르는 메소포타미아의 도시 우루크(Uruk)의 왕이다. 길가메시 왕은 영원한 삶을 찾아 수많은 지역을 헤매고 다닌다. 그는 만나는 사람들마다에게 삶과 죽음의 답을 듣고자 한다. 그러한 길가메시들은 5천년이 지난 요즈음에도 지구 어디에나 있다. 들판을 가기도 하고 도시 속에서 지하철을 타고 가기도 하고 바닷가를 거닐기도 하고 산 위를 올라가기도 하고 모든 움직이는 사람들은 바로 길가메시들이다. 그들은 어디에 있든 여행을 동경하고 홀로 걸어서 지구 끝까지라도 가고 싶어한다. 그들은 자기가 살던 땅이 아니 다른 곳을 찾아 걸으면서 삶의 본질인 죽음의 문제에 대한 해답을 구한다.
생각 같아서는 매일이라도 가고 싶을 것이다. 다만 현실이 그들을 놔주지 않을 뿐이다. 아마도 그런 길가메시가 가장 많은 나라가 우리나라가 아닐까?

"나는 생각한다. 고로 나는 존재한다."

이 말은 프랑스의 철학자 데카르트가 한 말일 게다. 그런데 요즈음 우리 한국에 불어닥친 새로운 걷기 파도를 경험한 사람들은 이렇게 말할 것이다.

"나는 걷는다. 고로 나는 존재한다."

그러한 걷기 바람의 선구자는 백년설이란 예명으로 알려진 가수 이창민씨였다.

오늘도~ 걷는다마는 정처 없는 이 발 ~길
지나온 자욱마다 눈물 고였~네

일제 말기이후 국민가요가 되어, 우리 머슴아들이 술기운만 오르면 흥얼거리며 고해의 인생길을 되새기는 이 노래는, 정처 없이 걷는 족속들을 지금까지 양산量産한 죄상이 뚜렷하지만, 실제로 사람들을 떠돌게 한 죄를 물으려면 작사자인 고려성이란 사람에게 물어야 한다. 그러나 우리나라에서 작사자는 언제나 가수에 묻히는 법. 그래서 찾기가 어려운 만큼 차라리 다른 사람을 찾자. 그 사람이 바로 시인 박목월이다.

강나루 건너서
밀밭 길을
구름에 달 가듯이
가는 나그네

길은 외줄기
남도 삼백리

술 익는 마을마다
타는 저녁놀

구름에 달 가듯이
가는 나그네

　우리 국민 누구나 외우는 이 시 또한 우리 국민들이 세계에서 가장 많이 걷기를 좋아하게 된 원인제공자가 되었는데, 굳이 시인에게 원망을 돌릴 수 있으랴, 그저 우리들의 마음 속에 나그네로서, 걷기를 좋아하는 유전인자가 있다고 할 밖에는. 우리들

이 흔히 말하는 '역마살'이 그것이다.

　　우주의 시간 속에서
　　새삼 내 먼지의 가난이야
　　어디에
　　여밀 옷깃이 갖춰지겠느냐
　　오늘도 걷는 것 말고
　　어쩌겠느냐
　　오늘도 걷는다
　　【고은 / 산문집 '오늘도 걷는다' 서문 중에서】

　　그러기에 70을 훌쩍 넘긴 나이에도 창작열을 불태우고 있는, 우리나라를 대표하는 고은 시인이 출간한 산문집의 제목이 「오늘도 걷는다」이다. 마치 우리나라 사람들은 걷지 않으면 큰일이나 나는 듯이 걷기의 유전자, 방랑의 유전자를 몸속에 지니고 있는 것 같다. 시인 고은은 그 책의 첫머리에서 "아 백지의 에로스! 그렇더라. 백지의 유혹은 어떤 유혹도 능가했다"는 말을 했는데, 이 말은 왜 자신이 시를 쓰고 있는지에 대한 설명이지만 한국인들에게는 이를 "아 백지의 대지, 그렇더라. 백지의 유혹은 어떤 유혹도 능가했다"고 패러디해도 좋을 만큼 미지의 대지에 대한 유혹을 심하게 받고, 그 유혹에 빠진다. 우리 친구 한 명이 늘 "나는 다른 것은 다 이길 수 있는데 유혹만큼은 이길 수 없다"라고 이야기하는 것과 꼭 같다.

최근 우리나라에 일고 있는 걷기 열풍은 열풍을 넘어서서 가히 광풍이 아닐까 싶을 정도로 뜨겁다고 하겠다. 처음에는 세계 여행에서 시작하더니 이제는 단순한 여행의 경지를 넘어서서 일종의 구도를 위한 걷기로 승화되고 있다. 스페인에 있는 산티아고 길이 우리 곁으로 다가오더니 이번에는 제주의 올레길이 마치 우리가 오랫동안 잊어버리고 있던 우리 고향의 옛길처럼 우리 곁으로 다가와 숱한 사람들의 발길에 옛 마음을 매달아놓는다. 그들의 발 끝을 통해 땅에 박은 그 마음은 이 땅에 새로운 거름이 되고 물이 되고 있다. 이제는 이 나라 이 땅이 바로 걸어야 할 땅이 되고 있다. 바람직한 일이다. 전 국도가 올레길이요, 둘레길이다.

그러나 단순히 걷고 끝나기에는 너무 아쉽다. 걷기 전에 다른 사람들이 걸으면서 무슨 생각을 했는지를 미리 생각해보는 것도 필요하다. 실제로 생활에 얽매어 마음대로 걷는 시간을 내지 못하는 사람들이 대부분인 우리나라에서는, 굳이 들판에 나가지 않고서라도 마음으로라도 걸을 수 있어야 한다. 그것은 다른 사람들이 어떻게 걸었고 그들이 무슨 생각을 하는지를 간접 경험함으로써 가능한 일이다. 그래서 이런 작업이 필요한 것이다. 대학 다닐 때에 영문수필로 접한 여행에 관한 글들이 다시 살아나서 우리 곁으로 다가오는 것이다. 유명한 수필가들이 많다. 그들이 걸은 길, 그들의 걷기의 흔적, 생각의 발자취를 우리가 함께 걸어보는 것이다. 그들이 묵었던 여관, 그들이 누웠던 들판이나 산골짜기에 함께 가보는 것이다. 그들이 석양을 바라보며 마셨던 한 잔의 술이나 커피를 우리가 함께 맛보는 것이다. 그것을 위해서 글이 있고 책이 있는 것이다.

그 길을 가보고 싶지 않은가?

무작정 걷고 싶은 그대에게 이 글을 바친다. 당신이 찾으려는 것은 무엇인가? 사람인가? 자연인가? 자유인가? 해방인가? 휴식인가? 혹은 미지의 '그대' 인가? 당신이 만나려는 '그대' 가 꼭 이성만을 의미해야 하는 것은 아닐 것이다. 아마도 우리 모두가 동경하는 인생의 꿈일 수도 있고 삶의 자취일 수도 있고 혹은 마음 속 어딘가에서부터 만나고 싶었던 연인일 수도 있다. 아니면 찰나에 지나지 않는 우리들의 인생을 지켜줄 절대자일 수도 있다. 그 '그대' 를 위해 우리 함께, 혹은 당신 혼자서 걸어보자.

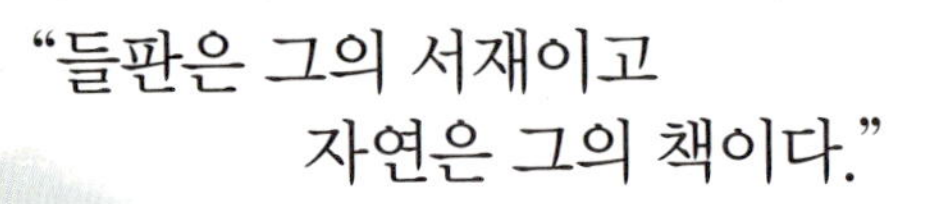

"들판은 그의 서재이고
자연은 그의 책이다."

세상에서 가장 즐거운 일 중의 하나는 여행을 가는 것이다.
그런데 나는 혼자서 가고 싶다.
방안에서 사람들을 만나는 즐거움을 누릴 수 있지만,
야외의 자연은 그 자체로 나의 충분한 동반자이다.
그 때에는 그냥 혼자 있는 것 보다 덜 외롭다.

사진 _ 이동훈

맨날 말로만 떠나니 마니 하면서 시간을 끄는 사람들이여, 이제 망설이는 것, 재는 것은 그만하고 훌쩍 떠나라. 여행을 떠나면 얼마나 좋은 일이 많은지 당신은 모를 것이다. 그렇다면 바로 이 사람의 글을 제일 먼저 읽을 일이다. 여행을 떠나는 심정, 떠나서의 느낌, 좋은 점, 아쉬운 점을 상세히 기록한 영국의 평론가이며 수필가인 윌리엄 해즐릿(William Hazlitt, 1778~1830)의 글 말이다.

철학적인 데 관심이 많고 인생과 자연, 책에 관해 열정이 많았던 그는 예리하고도 함축적인 평론으로 19세기 초 영국에서 이름을 날렸으며 그의 글들은 개인적인 요소를 많이 반영하므로써 많은 사람들에게 공감을 준 그런 수필가였다. 평론가로서 그는 사무엘 존슨(1709~1784)이나 조지 오웰(1903~1950)과 같은 수준의 높은 평가를 받기도 했다. 그의 글 가운데 가장 유명한 것이 바로 지금 소개하려는 '여행 떠나기(On Going a Journey)' 이란 수필이다. 죽기 8년 전인 1822년에 새로 나온 'The New Monthly Magazine(새 월간잡지)' 이란 잡지에 기고를 한다. 이 글을 편집자들은 '식탁에서의 이야기(Table Talk)' 라는 파트의 머리 글로 편집해 놓았는데, 정말로 식탁에 앉아 포도주를 기울이며, 아니면 진한 커피를 앞에 놓고 그 향기에 취하며 들려주는 듯한 느낌의 멋진 여행 수필이다.

필자는 대학 2학년 때인 1973년에 영수필강독이란 강의를 피천득 교수님(2007년 작고하심)이 강의한다고 해서 동급생들과 몰려가 수강신청하고 그 시간에 이 수필을 읽었지만, 정말로 아무것도 모르는 새파란 대학생 시절이어서, 이 수필을 제대로 이해했을 턱이 없다. 공부도 어영부영 시험도 어영부영 보았는데, 나중에 사회에 나와서 살아가면서 자꾸만 이 수필이 생각나는 것이었다. 그래 어느 날 독한 마음을 품고 그 전문을 읽는 작업을 했는데, 그러다 보니 이 글을 번역해서 우리나라 사람들에게도 읽게 하고 싶은 엉뚱한 욕심이 생겼다. 전문적인 영문학 공부를 계속한 것도 아니면서 감히 번역이라는 만용을 생각했으니 그 글이 온전히 번역됐을 리가 만무하다. 이 책 뒷부분에서 떠들던 그 뻔뻔함이 있었기에 감히 번역을 엄두내고 그 비판은

애써 무시하는, 돈키호테가 되어버린 셈이다. 그 번역본을 여러
분들에게 이렇게 내놓는다.

여행 떠나기 | 윌리엄 해즐릿

세상에서 가장 즐거운 일 중의 하나는 여행을 가는 것이다.
그런데 나는 혼자서 가고 싶다. 방안에서 사람들을 만나는 즐거
움을 누릴 수 있지만, 야외의 자연은 그 자체로 나의 충분한 동
반자이다. 그 때에는 그냥 혼자 있는 것 보다 덜 외롭다.

걸어가면서 대화까지 하는 것은 그리 현명해 보이지 않는다. 시골에 가 있을 때에는 시골의 식물처럼 되어야 하는 게 아닌가? 그렇다고 관목 울타리나 검은 소들을 비판하자는 것은 아니다. 도시를 떠나는 것은 도시와 그 속에 포함된 모든 것을 잊기 위함이다. 어떤 사람들은 이런 목적으로 물가 유원지를 가면서 대도시를 함께 가져가는 사람들이 있다. 나는 넉넉한 공간은 많은 것

「지리산 벗」, 사진 _국립공원관리공단 | 홍종복

이 좋지만 거추장스러운 것은 적을수록 좋다. 오로지 고독만을
위해 내 자신을 모두 바칠 때 고독이 좋은 것이다. 그렇다고

"고독은 달콤하다고 속삭여 줄 수 있는
내 은거지에 있는 친구"
【W.쿠퍼, "은퇴" 741-742행】

를 바라지는 않는다.

여행은 자유가 생명이다. 사람들이 하고 싶은 대로 생각하고
느끼고 행동할 수 있는 완벽한 자유 말이다. 우리가 여행을 가
는 것은 주로 모든 장애물과 불편에서 자유로워지고 싶어서이
다. 우리들을 뒤로 남겨놓고 다른 사람들도 모두 머리에서 없애
버린다. 아무 의미도 없는 것에 대해 생각에 빠져볼 수 있는 조
그만 숨쉴 공간만 있으면 된다. 그곳에서는

"명상이 깃털을 털어 날개를 펴는데
여러 가지 소란스러움 가운데에서도
가끔 다치기는 해도 깃털들을 곤두세우네"
【J.밀턴, "코머스" 378-380행】

나 혼자 남겨진 때라도 당황하지 않고 도시에서부터 떠나 있을 수 있으면 좋은 것이다. 맨 날 4륜 마차나 2륜 틸버리 마차에 앉아서 담소를 나누지만 케케묵은 주제를 몇 번씩 반복하는 그런 친구 대신에, 이번만큼은 그런 뻔뻔함과는 휴전을 하도록 하자.

"머리 위에 푸른 하늘이 있고, 발밑에는 푸른 풀밭이 있고 눈 앞으로는 빙 굽어 돌아가는 길이 있어서 저녁을 먹기 까지 세 시간이 남아있다면 생각해 보라! 내가 이 호젓한 길에서 뭔가 놀이를 하지 않을 수 있겠는가. 나는 혼자 웃고 뛰고 좋아서 노래를 부른다네"

저기 저 둥글둥글한 구름으로부터 나의 지나간 과거로 뛰어들어, 태양에 그슬린 인디안들이 그들의 고향 해변으로 데려다주는 파도에 머리를 잇대고 뛰어들듯이 그 속에 빠져버린다. 그러면 오랫동안 잊고 있었던 것들, 물속에 잠긴 파편들이라든가 한량없는 보물들이 나의 간절한 시야에 들어오고, 나는 느끼고 생각하다가 다시 내 자신으로 돌아온다. 그 때의 나의 고요함은 지루한 일상생활이나 고의적인 시도로 인해 깨어지는 그런 어색한 고요가 아니라 그것만으로도 마치 완벽한 웅변이나 되는 것 같은, 방해받지 않는 고요함인 것이다. 나만큼이나 동음이의어^{同音異義語}찾기, 두운^{頭韻}맞추기, 댓구^{對句}만들기, 논쟁, 분석 같은 것을 좋아하는 사람이 있으면 나와 보라고 해라.

그러나 때때로 나는 그런 것 없이 있고 싶다. "제발 나를 이 휴식 상태로 그냥 놓아두세요!" 저는 지금 아주 급한 일이 하나 있는데, 당신들한테는 한가하게 보이겠지만, 나에게는 제일 소중한 그것이다. 굳이 코멘트를 받지 않아도 이 들장미는 향기가 달콤한 것이 아닌가? 이 데이지 꽃은 에메랄드빛으로 내 가슴에 뛰어들지 않던가? 이렇게 나에게 소중한 상황들을 당신에게 설명하려하면 당신은 그냥 웃어넘길 것이다. 그래서 그런 것을 내가 혼자 간직하고 여기서부터 저기 자갈 많은 곳까지, 그리고 거기서부터 다시 저 멀리 지평선까지 혼자서 생각하며 걷게 해주는 것이 낫지 않겠는가?

나는 아무래도 길을 함께 갈 수 있는 그리 좋은 동반자가 아니다. 그러니 혼자 있는 쪽을 더 원하는 것이다. 기분이 내키면 뭐 혼자서 걷거나 말을 타거나 자신의 몽상에 빠져볼 수 있지 않느냐는 말을 들은 적이 있다. 그러나 이것은 예절을 깨는 것이요, 다른 사람을 무시하는 것 같아서, 사람들은 언제나 동반자들과 합류해야 한다고 생각하는 경향이 있다. '그런 어중간한 친구생각'에 대해 나는 말한다.

전적으로 나 혼자 할 수 있도록 하거라! 그게 아니라면 다른 사람의 처분에 따르는 것이다.

마음대로 말하거나 아니면 가만히 입 닫고 있는 것, 마음대로 걷는 것 아니면 가만히 앉아 있고, 사람들 사이에 있거나 아니면 혼자 있는 것이다. 나는 코벳(William Cobbett, 1763-1835, 영국의 농촌운동가)씨의 관찰이 맘에 들었는데. 그는 와인과 식사를 함께 하는 것은 프랑스식의 나쁜 습관이며, 영국 사람이라면 한 번에 한 가지씩만 해야 한다고 생각했다는 것이다. 그래(나도 영국 사람이므로) 말하면서 생각할 수가 없고, 울적한 상태로 생각하다가 발작적으로 활발한 대화에 끼어드는 것을 할 수가 없다. "내 길의 동반자는 해가 기울어지면서 그림자가 얼마나 길어지는지 만을 얘기할 정도면 좋겠다."라고 스턴(Laurence Sterne, 1713-1768, 영국의 소설가)은 말했다. 멋진 말이다. 내 의견으로는. 계속 비교해야 한다면 마음에 저절로 들어오는 자연에 대한 인상을 방해하고 기분도 상하게 할 것이다. 눈앞에 말없이 펼쳐지는 볼거리에 대해 암시만 한다면 물론 그것은 지루할 수 있지만, 그것을 설명해야 한다면 즐거움을 과용하는 것이다. 그것은 자연이란 책을 보면서 당신이 다른 사람을 위해서 번역을 해야 하는 수고에 빠지게 되는 것이다. 나라면 여행의 느낌을 표현하는 데 분석적인 것 보다는 종합적인 것을 선호한다. 나는 그 때 그 때의

생각들을 저장해 놓았다가 점검해 보고 나중에 분석하는 것을
찬성한다. 뭔가 뚜렷하지 않은 내 생각들이 마치 미풍 앞의 엉겅
퀴 솜털처럼 떠다니는 것을 보고 싶은 것이지, 논쟁의 덤불과 가
시 속에 갇혀있게 하고 싶지 않다. 이번만큼은 내 식으로 하고
싶다. 그런데 그것은 혼자 있어야 가능한 것으로서, 같이 있고
싶지 않은 사람들과 같이 있으면 절대로 불가능하다.

나는 한 20마일 쯤 정해진 길을 가면서 한 관점에 대해 얘기하는 것은 그가 누가 되든 반대하지 않는다. 그러나 재미로 하는 것은 안 된다. 길을 가로지르는 콩밭에서 나는 냄새를 말하려고 하는데, 당신의 친구는 냄새를 못 맡는다. 당신이 멀리 떨어져 있는 물체를 가리키는데 당신 친구가 근시여서 안경을 꺼내야 할 지 모른다. 공기 중에는, 또 구름의 색깔의 미묘한 변화에도 당신의 상상력을 자극하는 그 어떤 느낌이 있는데, 그 효과는 당신이 설명할 수 없다. 거기에는 공감이라는 것은 없고 단지 그것을 추구하고자 하는 불안한 갈망, 그리고 길을 가면서 내내 따라오는 불만감, 그리고 결국에는 아마도 기분 나쁜 그 무엇이 생길 것이다. 그렇다고 내가 나 자신과 싸우지는 않는다. 나는 내가 내린 결론을 당연한 것으로 갖고 있다가 반대의견이 나오면 그 때 그 결론을 변호하면 된다. 눈앞에 펼쳐지는 대상이나 상황에 대해서 마음이 모두 통하지 않는다는 차원이 아니라 때로는 다른 것들도 기억에 나타나기도 하고 어떨 때에는 너무나 미묘하고 애매해서 다른 사람들에게 전해줄 수 없는 연상으로 이어지기도 한다는 것이다. 그렇더라도 나는, 그런 압박에서 벗어날 수 있는데도, 이런 정경情景들을 소중히, 때로는 애정을 갖고 마음 속에 간직한다.

사람들 앞에서 자기 감정에 굴복하는 것은 엉뚱한 짓이거나 과장일 수 있다. 동시에, 반면에, 매 순간마다 우리들의 존재의 신비를 드러내어야 한다는 것, 다른 사람들이 똑같은 정도의 흥미를 갖도록 강요하는 것(그렇지 않으면 목적이 달성될 수 없기에), 그런 것은 아무나 하기 어려운 과제이다. 우리들은 이해는 같이해 줄 수 있지만 말을 해서는 안 된다. 그런데 나의 오랜 친구 코울리지(S.T.Coleridge, 1772~1834, 영국의 낭만주의 시인)는 어쨌든 두 가지 다 잘 할 수 있다. 그는 여름날 가장 기쁨에 넘치는 표정으로 언덕과 골짜기에 대해서 설명을 해 갈 수 있고 눈 앞의 풍경을 교훈적인 시나 핀다로스풍(고대 그리스의 핀다로스가 만들어 낸 규칙적 운율)의 송시頌詩로 바꾸어 낼 수 있다. "그는 노래를 훨씬 뛰어넘는 낭송을 한다." 내가 그렇게 나의 생각들을 음악소리나 물 흐르듯 하는 표현으로 포장해 낼 수 있다면, 나도 솟아오르는 주제들을 탄복해 줄 사람을 옆에 두고 싶어할 것이다. 또는 올 폭스덴[소머셋에 있는 워즈워드(W.Wordsworth, 1770~1850, 영국의 낭만주의 시인)의 집. 해즐릿은 1798년에 이 집을 찾아가 워즈워드와 코울리지를 만났다.]의 숲 속에서 그의 쩌렁쩌렁한 목소리를 들을 수 있다면 나도 더 없이 만족할 것이다. 그들은 정말 우리의 초창기 시인들이 가졌던 그 멋진 광기를 갖고 있어서, 뭔가 특별한 악기가 받쳐주기만 한다면 아마도 아래와 같은 구절들을 쏟아내었을 것이다.

이곳의 나무들은 여전히 파랗다네

공기도 여전히 상쾌하고 달콤하지

굽이치는 냇물 위를 달리는 서풍처럼

초봄을 맞아 피는 꽃들이

온갖 종류 모두 피어나듯이

이곳은 시원한 냇물, 샘, 새로운 기쁨이라네

나뭇그늘도 있고 동굴도 있고

아무데나 고르시구려 나는 앉아서 노래하거나

아니면 당신의 긴 손가락을 위해 풀반지를 만들테니

그대에게 사랑 이야기를 해 주려오

숲에서 사냥하던 창백한 달의 여신이

소년 *엔디미온을 처음 보고는 어떻게 그 눈에서

영원히 꺼지지 않는 불을 가져갔는지;

잠이 든 그를 어떻게 그녀가

가파른 옛 라트모스 산꼭대기에 있는

양귀비 활짝 핀 그의 신전에 데려다가

오빠의 햇살로 황금빛으로 덮은 뒤에

매일 밤 굽어보며 연인에게 키스하는지를

【존 플레처(John Fletcher, 1579~1625), "신실한 여목동"】

*엔디미온(Endymion) 그리스 신화에 나오는 양치는 소년

내가 이 정도로만 언어나 상상력을 구사할 수 있다면 나는 해지는 저녁 구름의 황금빛 테두리에 어슬렁거리며 매달려 있는 생각들도 깨워서 일어나게 할 것이다. 그러나 자연을 보는 순간 내 상상력은, 오 불쌍하여라, 마치, 석양에 지는 꽃처럼, 구부러지고 시들어 버린다. 현장에서 아무 것도 못 건지는 것이다. 나중에 자신을 추스려야 한다.

일반적으로 야외에서는 재미있는 얘깃거리는 전망을 제대로 못보게 하므로 그런 것은 식탁에서의 대화를 위해 유보되어야 한다. 램(Lamb : 수필가 찰스 램)의 L이 바로 그런 사례다. 이것은 야외로 나갔을 때 가장 나쁜 친구이다. 안에 있을 때에만 최고인 것이다. 여행에서 재미있는 얘깃거리는 딱 하나라고 인정한다. 그것은 밤에 여관에 도착했을 때에 저녁으로 무엇을 먹을 것인가이다. 탁 트인 공기는 식욕을 자극하므로서 이런 종류의 대화나 논쟁을 진전시킨다. 길을 걸으면 걸을수록 여행의 끝에 우리가 기대하는 멋진 저녁상의 맛을 높인다. 밤이 다가올 때에 아주 오래된 마을, 성벽으로 둘러있거나 탑처럼 되어 있거나 간에, 여관에 들어서는 것이 얼마나 멋진 일인가? 아니면 어둠 속에 불빛이 흐르는, 집들이 띄엄띄엄 있는 마을을 들어서서, 그 여관이 제공할 수 있는 최고의 접대에 대해서 물어보고 그 여관에서 드디어 몸을 푸는 것 말이다. 이런 순간들은 우리 인생에서 너무나 소중하

고, 실속이 있고, 가슴 꽉차는 행복감을 주기에, 불완전한 교향곡
으로 헛되이 버릴 수 없는 것이다. 그런 것들은 오로지 나 혼자에
게 집중해서 마지막 한 방울까지 내가 마시고 싶다. 다른 사람들
은 나중에 말하거나 쓰거나 하면 되는 것이다. 자 얼마나 멋진 상
념을 할 수 있을까? 차 한잔을 완전히 마시고 나서……

【W.쿠퍼, "임무" 4장 39절】

모락모락 나는 김을 머리로 집어넣고 저녁으로 무엇을 먹을
것인가를 앉아서 생각하는 것이다.

계란과 베이컨, 양파에 절인 토끼고기, 아니면 최상품의 양고
기는 어떤가! 예전에 산초(소설 돈키호테의 시종)는 이 경우에 우족牛
足을 택했다. 그 선택은 불가피한 것이었지만 결코 욕을 먹지는
않았다. 그 다음에는 지나온 경치를 생각하고 트리스트램 샌디
(Tristram Shandy ; 아일랜드의 작가 Laurence Sterne이 1759–1767사이에
완성한 9권짜리 대형 소설)처럼 멋대로 명상도 번갈아 하면서 부엌에
서 준비하느라 일어나는 작은 소동('객실에 있는 신사분' 을 위해 준비하
는 것)을 듣곤 한다.

"비켜라 물렀거라 어중이 떠중이는!"

【비르길(Virgil), 이니아드(Aenead), 6장 257행】

이 시간들은 그야말로 고요한 명상의 시간이고 추억 속에 빠져볼 시간이고 나중에 웃음을 떠올리며 생각해 낼 상념들을 공급하는 시간이다. 이런 시간을 한가한 이야기로 허비하고 싶지 않다. 어쩔 수 없이 상상의 통일성이 깨어질 수밖에 없다고 하면 친구에 의해서보다는 모르는 사람에 의해서 하고 싶다. 모르는 사람은 그 자체로 그 시간과 장소에서 오는 색깔과 성격이 있다. 그 사람도 여관의 가구의 일부분이거나 의상이다. 그가 퀘이커 교도(영국에서 1650년 조지 폭스가 제창한 경건한 개신교 종파)이거나 혹은 요크셔의 웨스트 라이딩에서 왔다면 그것은 더 좋다. 그 사람하고 굳이 마음을 맞추려고 할 필요가 없고 그 사람도 나에게 끼어들지 않는다.

집시들의 노숙지를 얼마나 가보고 싶은지, 거기 가서 그런 종류의 삶에 내 영혼을 불어넣어보고 싶은 것이야. 이런 감정을 다른 사람에게 얘기하면 그는 곧 다른 반대를 걸어 느낌을 망칠 것이다.

나는 여행의 동반자로서 눈앞에 현재 있는 물체나 지나간 사

사진 _ 국립공원관리공단

건들만 연상할 뿐이다. 그것들이 날 모르고 나의 일도 모르니까 나도 어떤 식으로든 나를 잊을 수 있는 것이다. 그런데 친구는 다른 것들을 끄집어내고 오래된 근심을 헤집어놓아 경치 구경에 집중하지 못하도록 한다. 친구는 볼쌍 사납게도 우리와 상상력 사이에 끼어든다. 직업이나 추구하는 목적을 암시하는 것으로 해서 대화에서 뭔가가 빠져버린다. 아니면 당신의 역사 가운데 고상하지 못한 부분을 아는 사람이 옆에 있음으로 해서 다른 사람들도 알게 하는 것 같다. 그렇게 되면 당신은 더 이상 이 세계인이 아니다. 당신의 갇히지 않은 자유 상태가 가둬지고 제한을 받는다.

여관의 익명성은 또 하나의 놀랄만한 특권이다. '자신의 주인이면서도 이름으로 방해받지 않는다.' 세상과 여론의 구속을 벗어던지고, 자연이라는 요소 속에서 우리들의 그 오랫동안 고문하는 뻔뻔스러운 개인이란 인물을 버리고, 모든 구속에서 자유로운, 그 순간의 피조물이 되는 것이다. 한 접시의 맛있는 빵으로만 이 우주와 연결되는, 오로지 무수한 밤만이 있는, 더 이상 박수받기를 추구하거나 경멸하는 눈초리로 사람을 안 만나도 되는, 오로지 '객실에 있는 신사분'이라는 이름만으로 알려지는 것이다.

이런 로맨틱한 불확실성의 상태에서 사람들은 모든 인물들의 이런 한 가지 선택을 그 사람의 진짜 인물인 것처럼 받아들임으로써 무한히 존경스러워진다거나 상대적으로 덜 숭배하게 되기도 한다. 그 때 우리는 선입견을 배제하고 억측을 좌절시킨다. 다른 사람들에게 그렇게 함으로서 우리 자신에게까지 호기심과 놀라움의 대상이 된다. 우리들은 더 이상 이 세상에서 우리가 보여지는 그 진부하고도 평범한 모습들이 아니다. 진실로 여관은 우리들을 자연의 수준으로 돌아가게 하고 사회와의 관계를 청산하게 한다. 나는 정말로 많은 여관에서 부러워할 만한 시간들을 보냈다.

종종 전적으로 나 혼자만이 남아서 어떤 형이상학적인 문제들을 풀려고 애를 썼고, 언젠가 위덤커먼 광장에서는 '유사함은 생각들의 연상으로 얻어지는 사례가 아닌' 증거를 찾아내기도 했고, 다른 때에는 성 네오(St.Neot)란 곳(거기 같네)에서처럼 방안에 그림들이 있을 때에 그 방에 들어서자마자 그리벨린(S.Gribelin, 1661~1733, 영국의 동판화가)의 만화로 된 판화를 곧바로 만날 수 있었으며, 웨일스 국경의 어느 자그마한 여관에서는 웨스톨(R.Westall, 1765~1836, 영국의 드로잉 화가)의 드로잉작품이 몇 개 걸려 있어서, (존경받는 미술가를 위해서가 아니라 나 자신을 위해서) 나는 시번(Severn)강에서 나와 저녁 해 사이에 서서 나룻배로 강을 건네준 어느 소녀의 모습과 자랑스럽게 비교해보기도 했고, 내가 이런 식으로 특별한 관심이 있어서 책에 탐닉하던 때라고 할 수 있던 다른 때에는, 하루종일 비에 젖어 있다가 들린 브리지워터(Bridgewater)의 한 여관에서 우연히 손에 집은 '폴과 버지니아(Paul and Virginia, 프랑스 소설가 자크-앙리 베르나르댕이 1788년 발표한 순정 연애소설)'를 읽기 위해서 밤을 거의 앉아서 지새운 것이 기억난다. 그 곳에서는 다블레이 부인(Madame D' Arblay, 1752~1840, 프랑스의 소설가)의 '동백꽃(Camilla)' 두 권을 독파해버렸다.

아마 1798년 4월 10일이었지? 그 때에는 랑골렌(Llangollen)의 여관에서 셰리주 한 병과 냉 치킨요리를 놓고 '뉴 엘로아(New Eloise)' 한 권을 읽어 내려갔지(장 자크 루소 지음, 1761, 원제 : Julie ; or, The new Eloise : 알프스 산록 조그만 마을에 사는 두 연인의 편지들) 그 때 선택한 편지는 성 프뢰(St. Preux, 소설의 주인공)가 빠데보의 주라산맥(the Jura of the Pays de Vaud)에 있는 한 높은 고원에서 내려다볼 때의 감정을 묘사한 것으로서, 그 책은 그날 저녁을 장식하는 최고의 요리로 내가 가지고 갔던 것들이었지. 그날은 내 생일이었고, 그래서 처음으로 근처에 있다가 이 매혹적인 장소를 방문하기 위해 나온 것이었지. 랑골렌으로 가는 길은 쳐크와 렉스햄 사에에서 틀어져버리는데, 어떤 지점을 돌아가면 갑자기 마치 야외극장과 같은 계곡을 만나지. 거기에는 넓은 황량한 언덕들이 양쪽으로 장엄하게 솟아있고 염소떼들의 울음소리가 울리는 푸릇푸릇한 나대지들이 저 밑에 펼쳐있고, 그 가운데로는 디 (Dee)강이 석질로 된 평지를 소리를 내면서 흐르고 있지. 이 때의 계곡은 소나기가 온 뒤의 햇빛으로 파랗게 빛나고 꽃망울을 터트리려는 물푸레나무들이 부드러운 가지들을 졸졸거리는 시냇물에 담그고 있지. 이런 맛이 있는 경치들을 내려다보는 높은 언덕 길을 따라 걸으며 내가 방금 전에 코울리지(Coleridge)의 시에서 인용한 구절들을 반복해서 따라 외우며 내가 정말 얼마나 자랑스럽고 기뻤던가. 거기에다가 내 발 밑에 펼쳐지는 경치 외에도 내 마음속에서도 다른 경치가 열리었는데, 그것은 하늘에 열린 경치로서, 거기에는 희망이라는 신이 쓸 수 있는 가장 큰 글씨로 자유, 재능, 사랑, 덕성의 네 단어가 쓰여 있었다. 그 글씨들은 일상의 빛 속으로 사라지면서 나의 게으른 시선들을 조롱하곤 하지.

"아름다운 것은 사라져서 다시 돌아오지 않네"

언젠가는 이 매혹적인 장소에 다시 돌아와 보고 싶다. 그러나 그 때에도 나는 혼자서 올 것이다. 다른 누구하고 이런 생각과 후회와 기쁨의 흐름들, 이미 부숴지고 탈색돼 내 기억속에 짜맞춰 낼 수 없는, 그런 것들을 공유할 수 있겠는가? 난 어딘가 큰 바위 위에 올라서서 옛날의 나와 지금의 나를 갈라놓은 세월의 가파른 언덕들을 내려다 볼 수 있다. 그때 나는 위에 언급했던 시인들을 아주 짧게 만나러 가던 중이었다. 그 사람 지금 어디에 있지? 나 자신만 바뀐 것이 아닐꺼야. 그 당시 나에게는 새로웠던 세상이라는 것이 오래 되고 고칠 수도 없게 되었지. 그래도 나는 생각 속에서 그대에게 돌아서겠네. 오 숲속의 디 강이여! 당신은 예전의 그대로 그 기쁨을. 그 즐거움을 안고 있구나. 그대는 나에게는 언제나 천국의 강이어서, 그 생명의 물을 자유롭게 마실 수 있었지.

여행처럼 상상이 짧거나 변덕스러운 게 없다. 장소가 바뀌면 우리 생각도 바뀐다. 아니 우리 의견이나 느낌이 바뀐다. 우리가 애써서 오래된, 잊고 있던 경치로 우리들을 데려가면 마음속에서 그림이 되살아난다. 그러나 우리가 금방 떠나온 곳은 잊어버리는 것이다. 우리는 한 번에 한 장소만 생각할 수 있는것 같다. 상상의 캔버스는 일정한 용량밖에 안돼, 뭐 하나를 그리면 곧 다른것이 지워진다. 우리는 상상을 넓히지는 못하고 시점을 옮길 뿐이다.

우리들의 황홀해 하는 눈앞에 경치가 가슴을 드러내면 금방 우리는 채워진다. 다른 아름다움이나 멋진 광경은 더 이상 남아 있지 않는다. 지나가면 그만이다. 우리 눈 앞에서 사라지는 지평선은 마치 꿈에서처럼 우리의 기억 속에서도 사라진다. 거칠고 황폐한 지방을 여행할 때에는 나무가 많은 곳이나 논밭이 생각나지 않는다. 마치 지금 내가 보는 것처럼 온 세상이 이렇게 황폐해야 된다고 하는 것 같다. 시골에 가면 도시를 잊고 도시에 가면 시골을 멸시한다. "하이드 파크를 넘어가면", 라고 토플링 플러터 경(Sir Topling Flutter, 17세기 영국 희극의 주인공)은 말한다. "모든 게 사막이다." 우리가 눈으로 보지 못하는 지도의 모든 부분은 새까맣다. 우리의 심상心象 속의 세계는 기껏해야 호도만큼의 크기밖에 안 된다. 그것은 한 정경에서 다른 정경으로, 한 동네에서 다른 동네로, 한 나라에서 다른 나라로, 땅에서 바다로 그렇게 무한히 커지는 것이 아니다.

마음이란 것은 겨우 우리 눈이 한 번에 볼 수 있는 정도의 공간만을 생각으로 형성해 줄 뿐이다. 그 나머지는 종이에 쓰여진 이름이고 산수에서의 계산일뿐이다. 예를 들어, 중국이라는 이름으로 우리에게 알려진 그 방대한 영토와 인구가 우리에게 진정으로 어떤 의미인가? 나무로 된 지구본에 일 인치 정도의 골판지에 지나지 않고 중국산 오렌지만큼도 설명해주지 않는다. 우리 가까이에 있는 것들은 실제 크기로 보여지지만 멀리 있는 것은 이해의 차원으로 줄어버린다.

우리들은 우주도 우리들을 기준으로 재고 있다. 우리의 존재의 질감도 사실은 한 끼의 식사로 이해한다. 어쨌든 이런 식으로 우리들은 사물과 장소의 무한성을 기억한다. 마음은 여러 가

지 다양한 곡조들을 연주할 수 있는 기계적인 악기와 같지만, 연속으로 연주되어야 한다. 한 생각이 다른 생각을 불러오지만, 그 동시에 다른 모든 것들을 제외해 버린다. 과거의 기억들을 새롭게 하려고 한다면 우리들의 존재의 모든 기억망(web)을 단번에 펼칠 수는 없다. 몇 개의 실마리들을 집어내야 하는 것이다. 그렇기 때문에, 우리가 전에 살았던 곳, 여러 가지 익숙한 생각의 추억들을 갖고 있는 곳에 가게 되면, 그 장소에 가까이 가면 갈수록, 단순히 그 때의 그 느낌을 기대하는 것만으로 해서도, 기억이 더 생생하게 살아나는 것이다. 몇 년 동안 생각도

해보지 않았던 상황들, 감정들, 사람들, 얼굴들, 이름들을 기억
한다. 그러나 방금 전에 내가 떠나온 그 질문으로 다시 돌아가
기 위해서는, 또 세상의 다른 모든 것이 잊혀지는 것이다.

오래된 유적이나 옛 수도水道 흔적들, 미술품들을 보러 가는
데는, 앞에서 말한 이유의 반대되는 이유로 해서, 친구나 여럿
이 같이 가는 것을 거부하지 않는다. 이것들은 지식이 필요하고
토론이 필요한 것들이다. 이곳에서의 기분은 감추어지는 것이
아니라 서로 통할 수 있고 드러나는 것이다. 솔리스베리 평원은
비평이 없어야 하는 것이지만 스톤헨지는 고고학적인, 장소에

관한, 철학적인 토론이 있을 수 있다.(스톤헨지는 솔리스베리 평원에 있는 고대 석조유물이다 : 역자주) 즐거움을 찾아 나설 때의 첫 번째 고려사항은 우리가 어디로 갈 것인가이다. 혼자서 어슬렁거리는 것이라면 우리가 길에서 무엇을 만날 수 있는가 하는 점이 고려사항이다. "마음은 그 자리가 있다" 거기에서는 여행의 끝에 도달하려고 그리 안달하지 않는다. (다만) 예술품이나 골동품에 대해서는 감정을 빼고 주인 역할을 할 수 있다. 언젠가 나는 몇 사람들을 옥스퍼드에 데리고 간 적이 있는데(성공은 못했지만), 멀리서 그 건물들을 보여주면서

번쩍이고 화려한 크고 작은 첨탑들로 되어 있는

【J.밀턴, "실락원" 3장-550행】

대학의 사각형의 건물 내 정원과 돌로 된 벽들, 큰 홀과 대학건물들에 숨쉬고 있는 학문적인 공기를 자세히 설명해 주었다. 중앙도서관인 보들리언에서는 참 맘이 편했고 블레넘궁(윈스턴 처칠이 태어난 곳) 궁에서는 정말로 화장을 한 관광안내원이, 비교할 수 없이 아름다운 그림 속에서 쓸데없이 평범함 아름다움을 설명하는 것을 완전히 내가 압도했었다.

그렇지만 이런 추론 가운데 다른 하나의 예외가 있으니, 그것

은 외국을 나가는데 있어서 동반자 없이 가는 데 대해서는 그리 자신이 없다는 것이다. 나는 우리 모국어로 듣고 생각할 인터벌이 필요한 것이다. 영국 사람들에 있어서는 외국 사람들의 생활 방식이나 그들의 생각에 대해 어쩔 수 없는 반감이 있어서, 그것을 견디려면 사회적인 공감이라는 도움이 필요하다. 고국에서부터의 거리가 증가할수록 이런 도움이, 처음에는 사치처럼 보이지만, 갈수록 갈망이 되고 욕망이 된다. 갑자기 친구도 없이, 그 나라 사람도 없이 혼자서 아라비아 사막에 있게 된다면 그 사람 자신은 숨이 콱 막힐 것이다. 그 사람이 무언가 말을 할 수 있게끔 하려면 아테네나 옛 로마의 관점에서 뭔가가 허용되어야 한다. 그리고 고백하건데 피라미드는 눈으로 한 번 보기에는 너무나 크다. 그런 상황에서는 즉각적으로 친구나 도움이 없다면, 사람들의 보통의 일련의 생각들과는 반대로, 그의 팔다리가 사회로부터 떨어져 나간 다른 종족인 것처럼 되는 것이다.

그런데 희한하게도 프랑스의 그 활기찬 해변에 발을 들여놓았을 때에는 이런 부족함이나 갈망이 그리 강렬한 것이 아니었다. 칼레지방은 고상하고 기쁨이 넘치는 사람들이 사는 곳이었다. 그 지방의 혼란스럽고 분주한 소란은 마치 내 귀에 기름과 포도주를 한꺼번에 들이붇는 것 같았다. 해가 지려고 할 때에 항구에 있는 아주 낡고 괴상망칙한 배의 꼭대기에서 울려 퍼지

는 뱃사람의 노래도 낯설게 들리지 않았다. 오직 보편적인 인간
성의 공기만이 느껴질 뿐이었다. 나는 "프랑스의 포도로 뒤덮인
언덕과 명랑한 지방들을" 꼿꼿하게 선 자세로 만족스럽게 걸어
갔다. 그 나라 남자들의 이미지가 변덕스러운 왕가의 발밑에 던
져져있지 않았기 때문이다.

언어에서도 혼란은 없었다. 눈앞에 모든 멋진 유파의 그림이
라는 언어가 펼쳐 져 있었기 때문이다. 모든 것은 마치 그림자처
럼 사라졌다. 멋진 그림들, 영웅들, 영광들, 자유 이 모든 것들이
사라졌다. 부르봉 왕조와 프랑스 사람들만이 남아있을 뿐이다.

외국을 여행하면 확실히 다른 어디서도 얻을 수 없는 느낌이
있다. 그 느낌들은 오래 지속하는 것이라기 보다는 순간적인 것
이다. 그런 것들은 우리 살아가는 동안의 생각들과는 너무나 멀
리 떨어져 있어서 우리들의 대화의 참고자료나 화제가 될 수 없
고, 존재의 다른 차원이나 마치 꿈속에 있는 것처럼, 우리들의 일
상생활방식에는 침투하지 못한다. 그것은 활기를 주는 환각이지
만 순간적일 뿐이다. 이런 이상적인 실체를 맛보려면 현재와 맞
교환해야 한다. 이런 옛 방식의 도취가 생생하게 되살아나는 것
을 느끼기 위해서는 현재의 모든 안락이나 관례를 뛰어넘어버려
야 한다. 우리들의 낭만적인 방랑벽은 길들여지지 않는다.

존슨 박사(Samuel Johnson, 1709~1734, 영국의 소설가)가 말했듯이

외국 여행이라는 것은, 외국에 살았던 사람속에서의 대화에서 전혀 도움이 되지 않는다. 실제로 외국에서 여행으로 보낸 시간은 아름답고 어떤 의미로는 배우는 것도 있지만, 우리들의 실질적인 일상적인 삶으로부터는 차단된 것처럼 보이고 결코 친절하게 그 안에 포함되지 않는다. 우리들이 이 나라, 이 도시를 떠나면 우리들은 결코 같은 사람이 아닌 또 다른 사람들, 아마도 서로 더 부러워할 사람일 것이다. 우리들은 서로 나 자신과 우리 친구로부터 없어진다. 그래서 어떤 시인이 아주 멋있게 노래한다;

"내 나라와 내 자신으로부터 나는 간다"

고통스러운 생각을 잊어버리고 싶으신 분들은 그런 생각이 다시 나게끔 하는 모든 구속이나 현실에서부터 스스로 없어져 주는 것이 좋다. 다만 우리는 우리를 태어나게 한 이 나라에서 우리의 운명을 완성하는 것뿐이라고 말할 수 있다. 바로 이런 이유로 해서, 만약 내가 나중에 집에서 다시 보낼 시간을 충분히 주는 제2의 인생을 빌려올 수 있다면 나는 나의 전 생애를 외국을 여행하는 것으로 보내고 싶다!

"저는요. 그게 그리 잘하는 짓으로 보이지 않는군요"
라고 해즐릿은 말합니다.
"걸으면서 동시에 말하는 것 말입니다.
제가 시골에 있을 때에는 시골의 식물처럼 되고 싶습니다."

_ 윌리엄 해즐릿 (William Hazlitt, 1778-1830)

「숲길」, 사진 _ 장진희

혼자 떠나라

"인간의 의무 중에 행복해져야 하는 의무만큼
과소평가되고 있는 의무는 없다."

【로버트 루이스 스티븐슨(1850-1894)】

우리들에게 있어서 행복은 권리일까? 아니면 의무일까? 로버트 루이스 스티븐슨의 말을 들으면 행복도 의무인 것 같다. 그렇다면 "우리도 행복해질 권리가 있다"라는 말이 조금 우습게 들릴 것이다. 권리를 전제한다면 가만히 있으면서도 행복을 얻어 먹는다는 뜻이 될 것이고, 의무를 전제한다면 행복해지기 위해서 온갖 노력을 다해야 한다는 말이 된다.

행복의 의무를 다하기 위해 무엇을 해야 하는가? 여러 가지 방법이 있겠지만 여행이 유력한 방법이 아닌가 한다. 우리가 소설 「보물섬」의 작가로 알고 있는 로버트 루이스 스티븐슨이 바로 그

런 사람이다. 그는 그야말로 행복해져야하는 의무를 다하기 위해
수시로 여행을 한 사람이다. 1850년 스코틀랜드 에든버러 출생
의 스티븐슨은 토목기사인 아버지의 뒤를 잇기 위하여 에든버러
대학 공과에 입학하였으나, 어릴 때부터의 허약한 체질과 문학을
애호하는 성향 때문에 법과로 전과하여, 1875년 변호사가 되었
다. 그러나 스코틀란드의 차갑고 습기 많은 날씨에 몸이 약해져,
폐결핵으로 건강이 악화되자 대학 생활동안 유럽 각지로 요양을
위한 여행을 계속하였다. 그것이 그로 하여금 소설가로서만이 아
니라 많은 수필과 기행문 작가로 더 알려지게 된 배경이다.

스티븐슨은 1875년 파리 여행 도중 자신보다 10살이나 연상
인 페니 오스본(F. V.t Osbourne)이라는 미국인 유부녀를 만나 열
렬한 사랑에 빠지게 돼, 반대하는 가족과 친구들을 뒤로하고
1880년 캘리포니아로 가서 결혼식을 올린다.

이미 결혼해서 아들을 가진 유부녀였지만 스티븐슨은 이 여성
과 결혼한 후에 건강도 조금 회복하면서 가장 충실한 남편이 되
었다. 그를 불멸의 작가로 만든 최초의 소설 《보물섬》도 오스본
의 아들, 곧 의붓 아들인 로이드 오스본을 기쁘게 해주기 위해서
만든 상상의 보물지도에서 시작되었다고 한다. 결혼 8년 뒤인
1888년, 건강이 악화된 스티븐슨은 아내와 함께 남태평양의 사

모아제도로 옮겨 그 섬에서 원주민들과 함께 살다가 6년 만인 44살에 숨을 거두었고, 그가 숨진 지 20년 후에 부인 페니 오스본이 그 곁에 묻혔다.

"헌신이야 말로 사랑의 연습이다. 헌신에 의해 사랑은 자란다."
【로버트 루이스 스티븐슨】

그의 일생은 25살 때 만난 운명의 여인 페니 오스본을 만나 크게 뒤바뀐다. 그야말로 운명적인 사랑으로서 갈비뼈만 앙상하게 남은 폐병환자였던 스티븐슨은 그녀를 통해 몸의 건강을 많

이 찾았다. 그만큼 그는 연인과 그 아들을 위해 자신을 헌신했다. 그러한 헌신적인 노력, 어찌보면 행복을 가져오기 위한 의무를 다함으로써 그 가족의 행복을 찾은 사람이라고 할 수 있다. 그가 쓴 「보물섬」을 비롯해서 「지킬박사와 하이드씨」등 수많은 소설과 수필, 시詩들은 모두 행복을 위한 이러한 헌신의 결과물이라고 해도 지나치지 않다.

지금 소개하려는 수필은 여행에 관한 한 앞서 읽은 해즐리트의 수필과 함께 쌍벽을 이루는 글이다. 1881년 출간된 「젊은이를 위하여 Virginibus Puerisque」라는 수필집에 들어있는 이 수필은 1879년 나온 최초의 여행집 「당나귀와 함께 한 세벤느 여행 Travels with a Donkey in the Cevennes」과 함께 여행작가로서의 그의 면모를 일거에 세상에 알린 명작으로 평가받는다. 그의 이 글은 앞에서 소개한 윌리엄 해즐릿(1778~1830)의 영향을 많이 받고 실제로 그 작품의 글을 인용해서 쓴 것으로, 여행의 묘미를 느끼기 위해 어떤 마음가짐이 필요한지, 여행의 좋은 점이 무엇인지, 특히 여행을 왜 혼자서 해야 하는지를 가장 솔직하게 그려내었다.

"고독과 함께라면 혼자서도 결코 외롭지 않다"

　라고 현대의 프랑스 음유시인 조르쥬 무스타키는 노래했지만 여행은 혼자서 해야만 여행의 본질인 자유를 만끽할 수 있다고 말한다.

　그는 인간의 심성의 깊은 곳까지를 풍부한 상상력과 감수성으로 탐색하는 능력을 타고 났으며, 그것으로서 우아하면서도 인생을 관조하는 작가의 성숙된 지혜가 가득 찬 수필들을 남겼다. 그의 친구 에드먼드 고쓰(Edmund Gosse, 1849~1928, 영국의 시인 평론가)는 로버트 루이스 스티븐슨을 타고난 소설가라기보다는 이야기를 쓰는 수필가라면서, 그의 수필을 찰스 램(Charles Lamb, 1775~1834, 영국 최고의 수필가, 대표작 「엘리아 수필선」) 이후 최고라고 평가하고 있다. 그 수필을 대학교 때 피천득 선생님으로부터 받은 느낌을 되살려 번역해 보았다.

Walking Tour (혼자 걷는 여행)

에세이집 ‘Virginibus Puerisque’ (젊은이들을 위해) 중에서

_ 로버트 루이스 스티븐슨

　걸어서 여행하는 것이 시골을 보는 유일한 방법인 것처럼 생각할 필요는 없어요. 경치를 잘 보는 방법은 여러 가지가 있지 않나요? 뭐 저마다 여러 말이 있을 수 있지만, 가장 생생하게 보

는 방법은 기차를 타고 가면서 보는 것이지요. 그런데 걸으면서 보는 경치는 그보다 더한 것이 있답니다. 진정으로 통하는 사람들은 멋진 경치만을 보려고 가는 것이 아니라, 아침에 출발할 때의 희망찬 기분이랄까, 저녁 휴식 때의 평화와 충만한 기분 등 뭔가 유쾌함을 맛보려 가는 것이지요. 그런 사람은 너무 기쁜 나머지 배낭을 등에 졌는지, 벗어놨는지도 분간 못하기도 합니다. 출발할 때의 흥분은 도착할 때까지 유지됩니다. 그가 하는 것마다 보상이 있고, 그 때 뿐이 아니라 계속, 기쁨은 다음 기쁨으로 사슬처럼 연결되어 갑니다. 이런 점을 사람들이 잘 모릅니다. 걷는 여행가들은 어찌 보면 매일 어슬렁거리거나 한 시간에 5마일이나 가는 것처럼 보일 것입니다. 그런데 그들은 서로 자랑하지 않고요, 하루를 온통 그 날 저녁을 위해 준비해 주고 저녁은 그 다음날을 위해 씁니다. 그리고 무엇보다도, 바로 이 부분에서 빨리 걷는 사람이 이해하지 못합니다.

보통 큐라소 술(오렌지 향기의 술)을 큰 맥주잔에 담아 벌컥벌컥 마시곤 하는 이 사람은, 조그만 양주잔에 받아 마시는 것을 보고는 공연히 핏대를 냅니다. 작은 잔으로 조금씩 마시는 것이 더 맛이 오묘하다는 것을 믿지 않아요. 의식하지도 못할 정도로 멀리 많이 걷는 것은 자신을 바보로, 야만인으로 만든다는 것, 그것은 오감이 다 얼어붙은 채로 여관에 오는 것이고, 그의 영혼은

별도 없는 깜깜한 밤과 같은 것인데 그는 믿으려 하지 않습니다. 적당히 걷는 사람들이 누리는 별이 반짝반짝 빛나는 보드라운 저녁은 해당이 안 되는 겁니다. 그에게는 술을 거푸 마시곤 빨리 침대에 들어가려는 육체적인 욕구밖에는 없습니다. 만약에 애연가라면 담배 맛도 없고 오히려 정 떨어질 것입니다. 그것은 행복을 얻기 위해 두 배의 수고를 쏟는 사람의 운명으로서, 결국에는 행복자체를 잃게 됩니다. 줄여 말한다면 옛말처럼 너무 멀리 가서 돈을 제대로 못 받는 사람이지요.

그런데 정말로 잘 즐기려면 걷는 여행은 혼자서 가야하는 겁니다. 쌍으로 가거나 여럿이 가면 이름만 걷는 여행일 뿐, 다른 종류의 것이어서 뭐 본질에서는 피크닉에 더 가까운 것이라고나 할까요. 걷는 여행은 혼자서 해야 하는 겁니다. 왜냐하면 그 핵심은 자유이니까. 왜냐하면 당신이 내키는 대로 멈추거나 가고, 혹 이 길을 가거나 저 길을 선택하는 거고, 당신 스스로 알맞은 속도를 정해야 하니까. 걷기 챔피언을 따라가느라 뒤뚱거리거나 여자에 맞추느라 위축될 필요가 없어요. 모든 느낌에 마음을 활짝 열어놓고 당신이 보는 그대로의 색깔을 마음에 입히는 겁니다. 말하자면 바람이 부는 대로 소리가 나도록 하는 악기가 되는 것이지요.

「북한산 둘레길」, 사진 _ 국립공원관리공단

고 해즐릿은 말합니다. 시골에 가고 있을 때에는 시골의 식물처럼 되어야 하는 것이 아닌가?”

　이 문제에 관한 한 말할 수 있는 핵심이 바로 이것입니다. 당신의 팔 뒤꿈치에 시끄러운 소리, 아침의 명상에서와 같은 고요를 훼방하는 소리가 있을 필요가 없습니다. 인간이 자꾸 머리를 굴리면 탁 트인 공기가 움직이면서 빚어내는, 머리 속에서의 나른한 눈부심으로 시작되는, 그리고 이해의 영역을 넘어서는 어떤 평화로움으로 끝나는, 그 멋진 도취감에 자신을 푹 던져버릴 수가 없는 것입니다.

　어떤 여행이든 첫 날쯤에는 고통의 순간이 있는 법. 등에 진 배낭이 차갑게 느껴져서 울타리 너머로 휙 집어던져버리고는 크리스챤이 그랬던 것처럼 “세 발짝 뛰고는 노래를 계속 부르는 (존 번연의 「천로역정」에 나오는 주인공 크리스챤의 기쁨의 표현)” 그런 마음이 되고 싶어지는 것입니다. 그러다 곧 편안함의 영역으로 들어서지요. 일종의 자석처럼 여행의 정신이 들어서는 것입니다. 어깨에 배낭의 멜빵을 걸치자마자 잠의 찌꺼기가 완전히 걷혀지고, 머리를 한 번 흔들면 정신이 들어 당신의 발걸음으로 돌아오게 됩니다. 그렇습니다. 모든 갖가지 기분 중에 사람이 길을 떠나는 이 기분이 최고입니다. 물론 근심걱정을 계속 한다거나, 아부다의 상자(바그다드상인 아부다의 방에 있는 상자에서 밤마다 미녀가 나와서 놀다가 상자 안으로 사라진다는 전설)를 열어 그 속에서 나온 마녀와 팔짱을 끼고 걷거나 한다면, 뭐, 어디 있거나 간에, 빨리 걷거나 천천히 걷거나 간에, 그는 결코 행복할 수 없고 그만큼 본인만 더 손해입니다. 서른 명이 동시에 출발한다고 해도 그들 중 아무도 지루한 표정을 짓지 않으리라는 데에 저는 내기를 걸겠습니다. 두터운 어둠의 장막 속에서도 어느 여름날 아침 일찍 길을 떠나서 처음 몇 마일은 이런 여행자들을 줄줄이 따라가는 것만으로도 얼마나 멋진 일인지.

빨리 걷는 사람은 눈에 잔뜩 힘을 주고서 생각에 골똘해집니다. 그는 펼쳐지는 경치를 언어로 표현하기 위해 직조기의 실을 이리저리 계속 짜는 것입니다. 그 사람은 걸어가면서도 풀밭들을 열심히 보고 운하 옆에서는 날아가는 잠자리를 보려고 발을 멈추기도 합니다. 목장의 출입문에 기대어 서 있으면서도 암소가 배불러 만족해하는 것은 눈에 들어오지 않습니다.

여기 또한 사람은 저 혼자서 말하고 웃고, 폼을 잡는데 때로는 눈초리에 분노가 스치고 때로는 화가 난 것이 이마에 구름처럼 맺히는 등 얼굴도 시시각각 변합니다. 신문기사를 쓰거나 연설을 하거나 열정적인 인터뷰를 하기도 합니다. 뭐 그렇다고 더 지나쳐서 노래를 부르는 것 까지는 안 하는 것 같습니다. 유명한 성악가가 아닌 것처럼 하는 것, 그게 그에게는 잘 하는 짓인 것입니다. 마을 모퉁이를 돌다가 제대로 된 농부와 마주쳐 보세요. 자신이 짓는 시가 잠시 안 되는 것이 낫지, 목청을 높이는 광대 노릇하다가 깜짝 놀라는 것이 낫겠습니까? 떠돌지 않고 머물고 살고 있는 사람들은, 보통 여행객들의 좀 이상한 행동들에 익숙해 있다 하더라도 이런 행인들의 들 뜬 기분을 잘 이해하지 못합니다.

내가 아는 어떤 사람은 붉은 턱수염이 난 다 큰 어른인데도 길을 가면서 어린이처럼 깡충깡충 뛰었다고 해서 수용소를 탈출한 정신병자로 붙잡힌 경우도 있었습니다. 더욱 놀랄 일은, 제법 점잖고 학식도 있는 분이 고백한 것인데, 걸어서 여행을 하면서 그 양반들은 노래를, 그것도 아주 듣기 괴롭게 하면서 앞에서 설명한 것처럼 마을의 모퉁이를 돌다가 무시무시한 한 농부로부터 싸대기를 맞고 귀가 빨개졌다고 합니다. 내가 결코 뻥을 치는 것이 아닌 것이, 해즐릿이 쓴 '여행 떠나기(On Going a Journey)' 라는 수필에서의 그의 고백을 들어보세요. 그 수필은 너무 잘 써진 것이어서, 안 읽는 사람들에게 벌금을 받아야 할 정도이지만⋯⋯

"머리 위에 푸른 하늘이 있고, 발밑에는 푸른 풀밭이 있고 눈 앞으로는 빙 굽어 돌아가는 길이 있어서 저녁을 먹기 까지 세 시간이 남

멋지잖아요? 친구가 그런 여행을 비록 경찰관하고 같이 한다고 하더라도 그 느낌을 처음 만난 누구에게라도 전하려 하지 않겠습니까? 그런데 요즈음에는 그런 용감성이 없고 심지어는 책을 쓰면서도 모두가 우리 이웃처럼 단조롭게 바보같은 척 합니다. 해즐릿은 그러지 않았습니다. 정말로(그가 쓴 수필을 읽어보면) 그가 걷기 여행에 얼마나 해박한 이론가인가를 알 것입니다. 그는 빨간 스타킹을 신고 하루에 50마일을 걷는 그런 운동가형이 아니고 그의 목표는 하루에 3마일. 그러면서 굽을 길을 가야 합니다. 이 얼마나 걷기도락가인가요?

그런데 한가지 내가 이 위대한 대가의 하는 짓, 하는 말 중에 결코 현명해 보이지 않는 것이 있는데, 그것은 깡충깡충 뛰고 달리는 것입니다. 이렇게 하면 숨이 가빠집니다. 야외에서 멋진 신선한 공기를 머리로 집어넣는 것을 못하게 합니다. 페이스를 무너뜨리는 것이지요. 불규칙으로 걷는 것은 몸에도 좋지 않고 마음도 집중이 안되도록 흔들어놓습니다. 반면에 일정한 템포로 걷게 되면, 그것을 의식적으로 유지하려 할 필요도 없고 다른 것을 생각하지 않아도 됩니다. 뜨개질 같은 것, 비서가 문서를 복사하

사진 _ 이동훈

는 것, 그런 것들이 자연히 사라지고 마음도 골치 아픈 것에서 스르르 풀립니다. 그저 어린이들이 하듯이, 아침에 자리에서 막 깨어나서 하듯이 가볍게 웃어가면서 이것저것 생각만 하는 것입니다. 글자 맞추기나 낱말 찾기를 할 수도 있고, 단어를 찾고 운율을 맞춘다고 마음대로 맞추었다 뜯었다 할 수 있습니다. 그러다가 제대로 된 일을 해야 한다면 정신과 노력을 집중하고 내키는 대로 트럼펫도 크고 길게 마음대로 불 수 있습니다. 위대한 대가는 깃발을 따라 달려가는 것이 아니라 각자 집에 조용히 앉아서 난롯불에 손을 쬐면서 혼자서 생각을 해나가는 법이니까요.

하루 동안의 걷는 과정에도 많은 기분의 변화가 있습니다. 출발할 때의 그 신나는 유쾌함에서부터 도착할 때의 그 행복한 무기력까지, 변화가 확실히 많습니다. 하루가 지나가면서 여행가는 극과 극을 경험합니다. 그는 점점 눈앞의 시각적인 경치에 빠져 들어가서, 공기에 취해 발걸음이 커지고, 마침내는 길을 따라가면서 마치 꿈속에서처럼 자기 주위의 모든 것을 볼 수 있게 됩니다. 첫 단계는 확실히 산뜻하지만 두 번째 단계도 여전히 더 평화롭습니다. 여행의 끝까지 가면서 감탄사를 연발하거나 혼자서 크게 웃지도 않지만 순전히 동물적인 기쁨들, 육체적인 행복감, 숨 쉴 때마다의 기쁨, 장딴지를 타고 흐르는 근육의 조여지는 기쁨, 이런 것들이 출발할 때의 기쁨을 대신하면서 도착할 때까지 만족스럽게 만들어줍니다.

　야영에 대해 말하는 것을 잊어서는 안되겠지요. 언덕 위의 이 정표에나 길들이 서로 만나는 나무 밑에 도착해서 배낭을 벗고 그늘에서 담배라도 한 모금 하러 앉아보세요. 당신 스스로가 착 가라 앉으면서 새들도 와서 구경을 하고 담배연기는 오후의 푸른 하늘을 따라 퍼져나갑니다. 햇빛은 당신의 발끝을 따스히 비추고 목에는 시원한 공기가 다가와서는 옷깃을 뒤집어 줍니다. 이럴 때에 행복하지 않다면 당신의 도덕의 개념이 뭔가 잘못된 것이라고 해야 합니다. 당신은 길 옆에서 마냥 시간을 보낼 수도 있습니다. 마치 새로운 천년이 와서 우리들이 주위에 있는 모든 시계들을 다 던져버리고 시간이나 계절을 더 이상 기억하지 않는 것처럼 말입니다. 살면서 시간을 지키지 않는 것은, 영원히 사는 것이라고 말해주고 싶은 겁니다. 한 번 해보지 않으면 알 수 가 없는 것이, 여름날 하루라는 것이 얼마나 끝없이 긴 것인가요? 배가 고픈 것으로 측정이 되고 나른하게 졸려야 끝이 나는 것이기에 말입니다. 내가 아는 어느 마을은 시계가 없다시피 해서, 일요일날 잔치를 본능적으로 아는 것 외에는 아무도 시간을 모르고 있고 누군가가 몇월 몇일이라는 것을 말해주기는 하는데, 그것도 대부분이 틀립니다. 그 마을에서 시간이 얼마나 천천히 가는지, 그 현명한 주민들에게 있어서 물건을 사고 파는 흥정을 하는데 얼마나 많은 시간이 주어지는 지를 알아보세요. 시계들이 정신을 못 차리고 마치 내기라도 거는 것처럼 서로 빨리 가려고 아우성치는 런던이나 리버풀, 파리 같은 대도시 사람들이 몰려올 것입니다. 이 불쌍한 순례자들은 시계주머니에 그들의 불행까지도 넣어가지고 올 겁니다. 여러분들이 자랑하는 대홍수 이전의 나날에서는 시계가 전혀 없었음을 주목해 주십시오. 그 때에는 당연히 시간 약속도 없었고 시간지키기라는 개념도 아직 없을 때였습니다.

"탐욕스러운 사람으로부터 모든 보물을 다 뺏더라도", 라고 밀튼(John Milton, 1608~1674)은 말했습니다, "한가지 보석은 남아있습니다. 그것은 그의 탐욕을 뺏을 수 없다는 겁니다" 마찬가지 이야기를 요즈음의 사업가들에게 할 수 있습니다. 그에게 해 줄 수 있는 것을 다 해주고 에덴동산에 집어넣어주고 생명의 불사약을 준다고 해도 그에게는 하나의 결점이 남는데, 그것은 바로 사업하는 습관입니다. 그런 사업 습관이 걷는 여행에서만큼 줄어드는 경우가 없습니다. 이러한 사업습관이 멈출 때에 정말로 자유로워지는 것입니다.

그런데 사실 가장 좋은 시간은 저녁식사 후 밤시간입니다. 하루 종일의 행진을 마치고 피우는 담배처럼 맛있는 것이 없습니다. 담배향이 죽여주지요. 깔깔하고 향긋한 것이 가슴을 꽉 채우면서도 미묘합니다. 밤에 독주를 한 잔 하는 것도 그런 맛이 없습니다. 한 모금 마실 때마다 기분 좋은 평온이 팔다리를 타고 내려가 금방 가슴에 안착합니다. 또 책을 읽어보면 보통은 기분이 내키거나 발작적이지 않으면 안 읽는데 문장이 얼마나 이상하게 매끄럽고 귀에 잘 들어오는지, 단어의 새로운 의미가 들어오고 문장 하나 가지고도 30분 이상 모두의 귀를 모을 소재가 되는 겁니다. 작가는 매 페이지마다 얼마나 멋지게 감정을 맞추는지 그렇게 멋져 보일 수 없습니다. 해즐릿은 사랑스러울 정도의 정확성을 갖고 말합니다.

"1798년 4월 10일이었습니다. 랑골른 여관에서 세리주 한 잔과 시원한 닭 요리를 놓고 헬로이즈의 새 책을 시작했습니다." 이 글을 더 인용하고 싶습니다. 우리들은 요즈음 다 힘도 있고 섬세하기도 한 한 친구들이지만 해즐릿처럼 써낼 수는 없습니다. 해즐릿의 수필은 정말로 그런 여행에서는 최고의 포켓 북입니다. 하이네(Heinrich Heine, 1797~1856, 독일의 낭만파 시인)의 시집도 그렇고 트리스트램 샌디(Tristram Shandy ; 아일랜드의 작가 Laurence Sterne이 1759-1767사이에 완성한 9권짜리 대형 소설)도 좋은 경험이 될 것입니다.

사진 _ 이동훈

밤이 멋지고 포근하기는 하지만 해질 무렵 여관 문간에서 어슬렁거리거나 다리 난간에 기대어 빨리 지나가는 물고기떼와 수초들을 보는 맛도 인생에서 괜찮은 겁니다. 바로 그 때에 '유쾌한(Joviality-흔히 Jove라고 부르는 Jupiter는 유쾌한 기분을 감응시킨다는 뜻에서 온 말)'란 단어의 약간은 대담한 의미를 글자 그대로 맛볼 수 있습니다. 당신의 근육이 적당히 풀어지므로 해서 상큼하고 힘이 솟고 또 몸도 느슨해지고 해서, 뭐 움직이거나 가만히 앉아

있거나 간에 뭘 하든 자부심도 생기고 또 마치 기사가 된 것 같은 기쁨도 생기는 것이지요. 사람이라면 누구와도, 현명하거나 바보이거나, 취했거나 술 안취했거나 간에, 쉽게 대화를 나눌 수 있습니다. 열심히 걸은 것이 당신을 정화시켜, 무엇보다도 편협함과 자만심을 없애줍니다. 오직 호기심만이 몸 안에 남아서 마치 어린이나 과학을 좋아하는 사람들의 경우처럼 마음대로 활동합니다. 당신은 자신의 취미 같은 것은 제쳐두고 시골지방의 정서가 당신 앞에서 어떻게 저절로 발전하는가, 그게 때로는 웃음거리로, 때로는 심각하게, 때로는 오래된 옛날이야기처럼 아름답게 변하는가를 지켜보면 되는 것입니다.

아니면 밤에 혼자 남아있는 겁니다. 날씨 때문에 화로불 옆에 갇혀있게 되겠지만요. 혹 기억하실지요? 로버트 번즈(Robert Burns, 1759~1796, 영국의 시인)가 '행복한 생각'에 빠져 있을 때에 어떻게 과거의 즐거움을 일일이 꼽으면서 몇 시간이곤 생각에 빠지곤 하는 지를 말이죠. '행복한 생각'이라고 하는 것은 요즈음 사람들, 시계와 차임벨로 사방을 두르고 있는, 밤에도 번쩍거리는 전화기 글자판이 유령처럼 출몰하는 사람들에게는 꽤나 골칫거리이죠. 왜냐면 우리 모두가 너무 바쁘고 현실로 만들어야 할 멀리 있는 계획들이 너무 많고, 불길 속에 타들어가는 성들을 땅으로 내려 사람이 살 만한 저택으로 바꿔야 할 것도 많아서. 우리들은 '생각의 나라'를 즐겁게 여행하고 '허영의 언덕' 사이를 다닐 시간이 없는 것이죠. 시대는 바뀌었습니다. 우리 모두가 불 옆에 밤새 같이 앉아 두 손을 모으고 있어야 하던 때에서부터 말이지요. 우리 모두에게 세상도 바뀌었습니다. 몇 시간이고 앉아서 불만 없이 행복한 생각을 할 수 있었던 때로 부터 말이죠. 우리들은 일을 하면서, 글을 쓰면서, 도구를 챙기면서, 영원이라는 하는 거짓된 침묵의 순간에도 내 목소리를 들리게 하기 위해, 너무도 서두르는 바람에, 이런 모든 것들이 결국은 그것의 일부분에 지나지 않는 가장 중요한 그 무엇, 곧 인생이라고 하는 것을 잊게 되는 것입니다.

우리들은 사랑을 하고, 술도 많이 마시고, 놀란 양처럼 이 땅위를 여기저기 뛰어다닙니다. 그런데 당신은, 만약 모든 게 다 이뤄진 다음에 당신에게 물어본다면 집 안의 벽난로 옆에 앉아서 행복하게 생각하는 것 만한 게 있겠습니까? 가만히 앉아서 명상하는 것, 아무 욕망도 없이 여인들의 얼굴을 생각해내는 것, 위대한 사람들의 행위에 부러움 없이 기분 좋아지는 것, 세상의 어느 것이건 어느 곳이건 모두 공감하며 함께 하는 것, 그러면서도 현재의 당신에 만족하는 것…… 이것이 바로 지혜와 덕을 동시에 아는 것이며, 이것이야말로 행복 속에 머무는 것이 아니겠어요? 깃발을 들고 걸어가는 사람이 아니라 방안에서부터 내다보는 사람,

그 사람이 행렬의 즐거움을 맛보는 사람입니다. 그래. 당신이 그렇게 된다면 당신이야말로 사회의 모든 이단적인 기분을 다 맛보는 사람이지요.

당신은 이제 속이거나 멋진, 공허한 말을 내세울 때가 아닙니다. 명성이나, 부, 학식 이런 것들의 의미가 무엇인지를 물어본다고 해서 해답을 쉽게 얻을 수 있는 게 아닙니다. 이제 가벼운 상상의 세계로 들어갑시다. 부를 추구하는 바리새인(기원전후 융성했던 유대교의 일파)들에게는 헛된 것으로 보일 것이고 세상의 불균형에 고통 받은 사람들에게는 그렇게 중요한 것이지만, 거대한 별들에서 본다면 아주 극히 미세한 차이도 구분할 수 없는 정도일 뿐입니다. 담배 파이프와 로마제국의 차이, 수백만 원의 돈이나 바이올린 활의 끝의 차이 같이……

창가에 기대서 보면 마지막 담배 한 모금이 어둠 속으로 하얀 연기를 내뿜어주고 당신의 몸은 달콤한 고통 속으로 젖어들며, 당신의 마음은 일곱 번째 만족의 고리를 갖게 됩니다. 그러다 갑자기 분위기가 바뀌어 바람개비 숫닭이 돌아가기 시작하면 당신은 한가지 더 질문을 하게 되지요; 잠깐동안이나마 당신은 가장 현명한 철학자였습니까? 아니면 말도 안되는 당나귀였습니까? 인간의 경험은 아직까지 대답을 해주지 않습니다. 그러나

적어도 당신은 가장 멋진 순간을 가졌었고 지상의 모든 왕국을
깔보기도 했었습니다. 그리고 그게 현명한지 아닌지는 잘 모르
겠으나 내일 여행을 하면 당신의 몸과 마음은 영원이라는 아주
다른 구역으로 들어가 보게 될 것입니다.

여행과 변화를 사랑하는 사람은 생명이 있는 사람이다.

【바그너】

사진 _ 이동훈

walk;

쏘로우의 걷기

일찍부터 문명의 위기를 내다본 예지자이며 철학자, 사상가인 쏘로우 당신이 행한 걷기는 어떤 것이었는지, 걷기가 추구하는 것은 어떤 것이며 왜 그것이 지금도 중요한가?

쏘로우의 '걷기'

자신의 존재와 자신에게 주어진 오늘 하루의 의미를
제대로 인식하려면 일몰과 일출을 자주 바라보라

_ '헨리 데이비드 쏘로우'

요즘과 같이 문명에 찌들고 사람에 치이는 세상에 살다보면 누구나 아늑한 자연에서 도피처를 찾게 된다. 다른 말로 하면 자연 속에서 휴식을 원한다는 것인데, 그 방면의 선구자는 단연 미국의 헨리 데이비드 쏘로우(1817~1862)이다. 그의 집이 있던 매사츄세츠 주 콩코드 시 인근의 월든이란 호수는 그에게 자연의 위대함과 자연의 친근함과 자연의 아늑함을 일찍부터 가르쳐 준 가장 좋은 부모였기에 그러한 호수 월든을 제목으로 한 그의 수상집 '월든'은 일찍부터 복잡한 문명 사회의 모든 것을 벗어던지고 오로지 단순하게 자연 속에 살아야 한다는 가르침으로 해서 문명으로부터의 탈출을 원하는 수많은 사람들에게 감동을 주어 왔음은 주지의 사실이다. 그에게 붙는 직함은 시인, 자연주의자, 세금저항자, 개발비판가, 역사가, 철학자. 수필가에다가 특이하게 transcendentalist라는 직함이 붙는다. 그가 '시민의 불복종'이란 명저를 남겼기에 세금저항자라던가 개발비판가(요즘 말로 하면 환경운동가) 라는 직함은 충분히 이해하겠지만 transcendentalist라는 직함은 무엇을 말하는가? 흔히 초절주의자(超絶主義者), 혹은 초월주의자로 번역되는 이 말은 물질주의와 합리주의를 초월해 각자의 핵심에 있는 내면의 영적 상태를 개발하고 그 경지에 도달하고자 하는 사람들이라고 흔히 풀 수 있는데, 이 세상에 존재하는 모든 속박과 굴레를 넘어 서서 자연과 우주에 내재되어 있는 초자연적인 영적 상태에 도달함으로서 인간성을 해방시키자는 운동이다. 미국에서 19세기에 시작된 이 운동의 지도자는 시인인 랄프 왈도 에머슨(1803~1882)으로 알려져 있는데, 바로 쏘로우와 친구이고 같은 동네에 살던 사이였다.

　헨리 데이비드 쏘로우는 월든 호숫가를 자주 걸으며 사색을 키웠는데, 그러한 산책의 기억과 철학적인 성찰을 아주 담담하면서도 상세하게, 감동적으로 그린 명작이 바로 지금 소개하려는 수필인 'Walking'이다. 생전에 이 글이 쓰여졌지만 그가 세상을 떠난 그 해에 비로소 공개된 이 글은 그의 대표작인 '월든'과 '시민불복종'에 이어 그의 대표작으로 곧 바로 평가를 받을 정도로 대단한 글이다. 요즈음 걷기 운동이 우리 사회에 열병처럼 휩쓸고 지나가는 이 때, 150여년 전 일찍부터 문명의 위기를 내다 본 예지자이며 철학자, 사상가인 쏘로우 당신이 행한 걷기는 어떤 것이었는지, 걷기가 추구하는 것은 어떤 것이며 왜 그것이 지금도 중요한지를 이 글에서 함께 나누었으면 하는 마음에 긴 글을 번역해서 여기에 싣는다. 물론 이 글은 시중에 '산책'이라는 제목으로 번역된 것이 나와 있지만 산책이라는 제목이 갖는 한계를 인정하기가 싫어서 '걷기'라는 의미로 그의 생각을 이해해 보려고 번역을 새로 했다. 전체가 너무 길어서 발췌해서 싣는 고충을 이해해주시기 바란다.

걷기(Walking)　|　헨리 데이비드 쏘로우

그에게서는 걸어 간 길이와
그의 글 쓴 길이가 딱 떨어질 정도로 일치한다.
집안에 갇혀있으면 그는 전혀 쓰지를 않았다.

– 랄프 왈도 에머슨 –

저는 하루라도 집 안에만 처박혀 있으면 몸에 녹이 스는 것 같습니다. 그렇지만 오후 4시쯤, 이미 밤의 그림자가 대낮의 빛과 섞이기 시작할 때 쯤 몰래 빠져나가 밖을 걸을 때면, 마치 죄를 짓는 것 같은 기분이지만, 하루 종일, 아니 일주일 내내 혹은 한 달 내내, 아니 일년 내내 아니 몇 년 동안 꼼짝도 않고 가게나 사무실을 지키는 우리 이웃 사람들을 보면서 그들의 무감각은 말할 것도 없고 그들의 그 인내심에 대해 놀라지 않을 수 없다는 것을 고백합니다.

지금 시각 오후 3시인데, 마치 오전 3시인 양 앉아있는 것을 보면 저들이 정말 어떤 재료로 만들어진 사람들인지 모르겠어요. 나폴레옹이라면 새벽 3시의 용기에 대해서 말할지 모르겠습니다 만 오후의 이 시간쯤이면 오전 내내 알았던 자신의 본래모습과는 반대로 오로지 동정심이라는 강한 굴레에 갇혀서 배고픔을 참고 쾌활한 척 자리를 지키고 있어야 한다는 것은 용기라는 것 하고 는 상관이 없는 것이지요. 지금 이 시간, 즉 오후 4시에서 5시 사 이, 아침 신문을 읽은 다음 꽤 시간이 지나고 저녁 신문을 보기에 는 아직 이른 이 시간쯤에는 집안에서부터 형성된 오래된 낡은 생각이나 변덕 같은 것들을 크게 한 방으로 터트려 공중으로 날 려보내는 방식으로 문제를 치유하는 그런 것이 왜 없을까 궁금하 단 말입니다.

더구나 남자들보다도 더 집안에 갇혀있는 여자들이 그걸 어 떻게 참아내는 지 잘 모르겠습니다. 그런데 실제로는 여자들도 전혀 참지를 못한다고 믿을만한 상당한 근거가 있습니다. 우리 남자들이 여름날 오후에 바짓가랭이로 동네의 먼지를 휩쓸면서 순수한 도리아식이나 고딕식으로 정면이 지어진 집들을 서둘러 지나갈 때에 보면, 겉으로는 아늑한 휴식에 들어가 있는 것 같 은 그 시간에 그 집에 있는 안주인들은 모조리 침대에 가 있다 (!)고 옆 친구가 귀속말로 말해주더군요. 이럴 때에 우리는 마음

놓고 건물의 아름다움이나 멋진 모습을 마음껏 감상할 수 있는 것인데, 고맙게도 그 건물은 뒤척이는 법 없이 굳굳하게 서서 잠자는 사람들을 굽어보는 것이지요.

틀림없이 기질, 아니 무엇보다도 나이가 이런 현상에 상관이 있을 것입니다. 사람이 나이가 들면 가만히 앉아서 실내직업을 하는 능력이 늘어납니다. 나이가 황혼에 가까워지면 질수록 습관도 점점 야행성이 되어 해가 지는 때가 되어서야 자리에서 일어나 한 30분 정도만 자기가 걸어야할 몫을 걷는 거죠.

제가 말하는 '걷기'는 몸이 안 좋은 사람들이 정해진 시간에 먹어야 하는, 아령이나 의자를 들어올려야 하는, 그런 운동과 같은 것이 아니라 그 자체가 그날 그날의 모험업이나 사업입니다. 정말로 좋은 운동이 되려면 인생의 샘물을 찾아나서야 하는 법입니다. 생명의 샘물들이 저 초원 앞에서 부글거리며 끓고 있는데, 그곳을 가지 않고 아령이나 하면서 건강을 위한다니 말입니다.

그리고 걸을 때에는 낙타처럼 걸어야 합니다. 낙타는 걸으면서 반추(되새김질)하는 유일한 동물이라지요. 한 여행자가 찾아와서 워즈워스(William Wordsworth, 1770~1850)의 서재를 보여달라고 하니까 하녀가 그랬다지요. "여기가 그 분의 도서관입니다만 서재는 여기가 아니라 문밖 자연이지요"

태양과 바람에 노출되어 야외에서 활동을 많이 하다보면 틀림없이 성격이 약간은 거칠어질 것입니다. 손이나 발 피부에 두꺼운 것이 생기듯이, 심한 육체적 노동을 하면 우리들의 손놀림에서 섬세함이 줄어드는 것처럼 우리들의 본성에도 두꺼운 각질이 자라는 것입니다. 반면에 집안에 있게 되면 피부는 말할 것도 없이 특정한 외부의 영향들에 대해서 민첩하게 반응하는 부드러움이랄까 유연함 같은 것이 늘어날 것입니다. 태양빛이나 바람이 줄어든다면 우리들의 지적, 혹은 도덕적 성장에도 민감한 영향을 받지 않을 수 없을 것입니다. 피부의 두껍고 얇음을 조화롭게 선택하는 것이 필요합니다.

그것은 밤이 낮으로 변하고 겨울이 여름으로 바뀌고 생각이 경험으로 변하는 그 비례 속에서 자연의 치유법을 찾는 것입니다. 마치 우리 피부가 그 자극에 맞춰 비듬을 만들어내듯 말입니다. 그래야 우리의 생각에 더 많은 공기와 햇살이 들어갈 것입니다. 노동자들의 굳은 손바닥은 게으른 사람들의 흐늘흐늘한 손가락보다도 더 가슴을 뛰게 만듭니다. 대낮에 침대에 누워서 연약한 손을 희다고 생각하는 것은 경험이 성숙해지고 단단해지는 것과는 거리가 먼 단순한 감상일 뿐입니다.

걷고자 하는 사람이라면 자연스레 숲이며 들로 나가게 됩니다. 그저 정원이나 쇼핑몰을 산책한다면 무슨 의미가 있을까요? 철학을 하는 사람들 중에는 숲에 갈 수 없어서 자기들 곁에 숲을 둬야겠다고 생각한 이들도 있습니다. "그들은 작은 숲을 만들고 플라타나스 산책길도 만들었죠." 그러고는 앞이 툭 트여 주랑처럼 생긴 그 산책길을 걸었습니다. 말할 필요도 없는 일이지만 설사 숲으로 발걸음을 옮긴다고 해도 그곳으로 우리 자신을 통째로 옮겨놓지 않는 한 아무 소용도 없는 일이죠. 몸이 숲으로 한 마일은 걸어 들어갔는데도 마음은 여전히 떠나온 곳을 맴돌고 있는 경우가 어쩌다 생기면 그때마다 깜짝 놀랍니다. 오후 산책을 하면서 오전 일과와 저에게 부과된 사회적 책무를 깡그리 잊고 싶습니다만 제 일상을 쉽사리 떨쳐버릴 수 없는 경우가 종종 생기더군요. 머릿속이 온통 업무와 관련된 생각으로 가득 차 있다는 것은 결국 몸은 그곳에 있어도 저는 그곳에 없는 것이나 마찬가지라는 얘기죠. 제가 오감 밖으로 떨어져 나와 있다는 말입니다. 걸으면서는 기꺼이 제 오감으로 되돌아가 거기에 충실하고 싶습니다. 숲속에서 숲 바깥 일에 정신을 빼앗기고 있다면 숲을 찾은 게 무슨 의미가 있을까요? 아무리 좋은 일이라도 그 일에 온통 정신을 빼앗기고 있는 제 자신을 발견할 때면 절로 몸서리치지 않을 수 없습니다. 정말 이런 때가 가끔은 있거든요.

제가 살고 있는 곳 주변은 걷기 좋은 곳이 많습니다. 그토록 오랜 세월동안 거의 매일이다시피 걷고, 때로는 며칠을 걷기만 했던 적도 있었습니다만 아직도 못 가본 곳이 있을 정도니까요. 전혀 새로운 풍광이 눈앞에 전개될 때는 이루 형용할 수 없는 행복감을 느끼죠. 그리고 지금도 오후 산책길에 이런 풍광을 늘 만날 수 있습니다. 두세 시간을 걷다보면 제 기대에 딱 들어맞는 낯선 시골을 만나게 될 것입니다. 제가 전에 본 적이 없는 외딴 시골

농가가 때로는 다호메이(Dahomey : 서아프리카 프랑스령 나이지리아에 있던 원주민 왕국으로 훗날 베냉으로 불렸다.) 국왕의 영토만큼이나 좋은 것일 수 있죠. 반경 10마일 내에서 만나는, 혹은 오후의 산책길에서 만나는 풍광의 변화무쌍함과 인간의 70 평생 사이에는 사실 닮은 점이 없지 않습니다. 겪어도 겪어도 완전히 익숙해지지 않는다는 점이 그렇죠.

오늘날 생활의 개선이라는 미명하에 사람들이 집을 짓고 숲을 파헤치고 큰 나무란 나무는 모조리 베어 넘어뜨리고 있는 상황에서 풍광은 오로지 피폐 일로를 걷습니다. 우리 주변의 풍광은 점점 더 생기를 잃어가며 볼품없어지고 있지요.

울타리를 불태워 숲을 보존하려는 이들이란! 언젠가 저는 반쯤 타다 만 울타리를 보았습니다. 울타리는 초원 한 가운데에서 사라지고 없었죠. 한 속물스런 구두쇠가 측량사 한 사람을 데리고 사라진 자기 땅의 경계를 뒤쫓고 있었습니다. 자기 주변이 온통 천국이었는데도 말이죠. 그 사람은 자기 곁을 스쳐가는 천사들을 보지 않았습니다. 그 낙원 한 가운데서 오로지 예전에 말뚝을 박았던 구멍만을 찾고 있을 뿐이었죠. 그를 다시 바라보았더니 그는 악마들에 둘러싸인 채 음습한 삼도천三途川(styx, 그리스 신화에 나오는 저승의 강)의 늪 한가운데 서 있었습니다. 물론 그는 자기 땅의 경계를 마침내 찾았습니다. 말뚝이 박혀 있던 자그마한 돌 세 개를 찾았으니까요. 그런데 좀 더 자세히 살펴보니까 그가 데리고 다니던 측량사는 바로 '어둠의 왕자(Prince of Darkness : 밀턴의 〈실낙원〉에 나오는 표현으로 사탄을 지칭한다)'였습니다.

문 밖을 나서서 사람 사는 집 한 채 만나지 않고 10마일이든 15마일이든 20마일이든 걷는 일이 제게는 그리 어렵지 않습니다. 가끔 길을 만나기는 하지만 그 길은 여우와 쪽제비나 지나다니는 길일 뿐이죠. 먼저 강을 따라가다 보면 개울이 나오고 또 계속 걷다 보면 초원에 이르고 이내 숲 언저리에 닿습니다. 제가 살고 있는 곳 주변으로는 사방 수 마일에 걸쳐 아무도 살고 있지 않습니다. 언덕에 올라서면 아득히 저 멀리 문명이 보이고 사람 사는 모습이 바라다 보입니다. 농부들과 그들이 일하는 모습은 멋있고 그들이 파놓은 굴만큼이나 작고 아련합니다. 사람과 그들의 일상, 교회와 국가, 학교, 거래와 교역, 공업과 농업, 그리고 이 모든 것들 중에서 가장 심상치 않은 것이라 할 만한 정치도 있지요. 저는 이 모든 것들이 이 풍광 속에서 얼마나 하찮은 공간을 차지하고 있는지 즐거운 마음으로 깨달아 갑니다. 정치란 것도 우리 삶에서 아주 작은 공간을 차지하고 있는 한 분야에 불과하죠. 그리고 저기 그곳에 이르는 길은 훨씬 더 비좁습니다. 저는 때때로 여행자들에게 정치에 이르는 길을 일러주곤 합니다. 정계에 뛰어들고 싶으시다면 큰 길을 따라가세요. 저 시장바닥을 뒹굴고 있는 사람을 따라가세요. 그리고 그 사람이 뒤집어쓰고 있는 먼지 속을 같이 뒹굴어 보세요. 그러면 곧바로 정치에 뛰어드시는 겁니다. 정치 역시도 그저 사람 사는 일에 불과하고 그게 세상의 전부는 아니니까요. 저는 마치 콩밭을 떠나듯 정치를 떠나 숲속으로 들어갑니다. 그러면 이내 정치는 제 상념에서 사라지죠. 저에게 딱 30분만 주어진다면 사람들이 한 해가 다 가도록 발걸음 한 번 하지 않는 곳으로 훌쩍 떠나 있을 수 있습니다. 지구상에는 그런 곳이 있습니다. 당연히 그곳에는 정치가 없습니다. 정치란 것도 결국에는 사람들이 피워대는 담배연기에 지나지 않으니까요.

한사코 걷지 않으려 하는 이들이 있습니다. 또 어떤 이들은 길을 따라 걷습니다. 하지만 길을 버리고 들판을 가로질러 걷는 이들은 그리 많지 않습니다. 길은 말과 상인을 위해 생긴 것이죠. 저는 길을 따라 걷는 일이 그리 많지 않습니다. 선술집이나 식료품점, 마차대여소, 혹은 역 같은 곳을 서둘러 갈 일이 없기 때문이죠. 저는 여행을 좋아하는 튼실한 말일 뿐 제가 좋아서 누군가를 태우고 길을 달리는 그런 말은 아닙니다. 풍경화가들은 길을 두드러지게 하기 위해서 거기에 사람 모습을 그려 넣지요. 하지만 그들 그림 어디에도 제 모습은 없을 것입니다. 저는 옛 선지자나 시인들, 마누(Manu : 힌두교, 인류의 시조로 인류 최초의 법률 창제자), 모세, 호머, 초서가 걸어들어 갔던 바로 그 자연 속을 거닐고 있습니다. 여러분들은 그 자연을 아메리카라 부를지 모르지만 그것은 아메리카가 아닙니다. 아메리쿠스 베스푸시우스나 콜럼부스, 아니면 그 누군가가 아메리카를 발견했다고 하는 것은 허무맹랑한 얘깁니다. 제가 알고 있는 이른바 아메리카 역사가 아닌 바로 신화 속에 이 땅에 대한 보다 진실한 설명이 들어 있습니다.

어디로 걸을 것인가를 결정하는 일이 때때로 무척 어려운 건 왜 일까요? 저는 자연 속에 무언가 우리를 끌어당기는 묘한 힘이 있다고 믿고 있습니다. 아무런 의식 없이 우리 몸을 자연에 내맡긴다면 그 힘이 우리를 올바른 길로 인도할 것입니다. 아무 길이나 걸을 수는 없는 노릇입니다. 좋은 길이라는 게 있으니까요. 그런데도 사람들은 흔히 아무런 생각 없이 잘못된 길을 택하는 우를 범합니다. 사람들은 이 현실 세계에서 아무도 해본 적이 없는 그런 산책을 흔히 하고 싶어 하죠. 우리가 마음속에 하나의 이상으로 그리고 있는 세계가 있다면 그 길은 아마 그 세계에나 있는 길일 게 틀림없습니다. 가끔은 어느 쪽을 걸을지

난감해질 때가 분명 있을 것입니다. 그건 그 길이 아직은 우리의 머릿속에 뚜렷한 모습으로 존재하지 않는 까닭이지요.

우리는 인류의 발자취를 더듬어 역사를 깨우치고 예술과 문학 작품들을 공부하러 동쪽으로 갑니다. 반면에 우리는 진취적인 정신과 모험정신을 갖고 미래로 들어서기 위해 서쪽으로 갑니다. 대서양은 어찌 보면 망각의 강(Lethean stream : 저승에 있는 강으로 그 물을 마신 사람들은 기억상실증에 걸렸다)과도 같습니다. 그곳을 건너면서 우리는 구세계와 낡은 제도를 잊을 기회를 가졌죠. 하지만 이번에 잊지 못한다 해도 저승의 강, 삼도천(Styx) 둑에 이르기 전 아마도 남아 있는 인류에게는 한 번의 기회가 더 있을 것입니다. 그때 만날 망각의 강은 대서양보다 세 배는 넓은 태평양이죠. 이처럼 인류 모두가 이동을 하는 상황에서 한 개인의 사사로운 산책까지 거기에 일치시키는 것이 얼마나 의미 있는 일인지 저는 모릅니다. 혹은 그것이 과연 어느 정도까지 인류의 단일성을 입증해줄 수 있는 것인지도 모릅니다. 하지만 이것 하나는 알고 있지요. 날짐승이나 네 발 달린 동물들의 이동 본능과 흡사한 무언가가 국가와 개인에게 언제나 혹은 이따금씩 영향을 미친다는 사실 말이죠. 예를 들어 다람쥐류의 동물들은 무언가에 자극받아 신비롭기 짝이 없는 대이동을 한다는데요, 다람쥐들은 제각기 특유의 나무토막을 타고 꼬리를 잔뜩 치켜든 채 넓은 강을 건너고 좁은 개울을 만나면 동료들의 시체를 이용해 다리를 놓기까지 한다는 사실이 몇몇 사례를 통해 알려졌답니다. 아니면 꼬리에 기생하는 벌레 때문에 봄이면 소들이 한바탕 미쳐 날뛰는 현상 비슷한 것이 우리에게 영향을 미치고 있는지도 모르지요. 우리 마을에서는 기러기 떼가 마을을 온통 뒤덮은 채 꽥꽥 울고 있는 것은 아니지만 그것이 이곳 부동산의 가치를 어느 정도 뒤흔들어 놓고는 있습니다. 제가 부동산 중개업자라면 그런 소동을 참작할 것입니다.

사람들이 순례를 갈망하는 것은 이 때,

성지 순례자들의 마음은 온통 낯선 나라들로 향하고

【초서의 '켄터베리 이야기 프롤로그'】

저는 일몰을 볼 때마다 서쪽으로 가고 싶은 욕망에 몸살을 앓습니다. 해가 지는 그 아스라이 멀고 아름다운 서쪽 말입니다. 해는 매일같이 서쪽으로 이동하면서 자기를 따르라고 우리를 유혹하는 듯 보입니다. 해는 온 사람이 그를 따르는 위대한 서부개척자입니다. 우리는 매일 밤 꿈을 꿉니다. 햇빛을 받아 금빛으로 빛나던 지평선 너머 그 산봉우리들을 말이죠. 물론 이 모든 게 부질없는 공상인지도 모르지만 말입니다. 지상의 낙원이라 할 아틀란티스(Atlantis) 섬(지브롤터 서쪽 대서양에 있는 신화 속의 섬 도시)과 헤스페리데스(Hesperides : 그리스 신화에 나오는 황금사과를 지키던 요정들)의 섬과 정원들은 고대인들이 신화와 시 속에 갈무리 해 둔 위대한 서부였던 듯합니다. 해질녘 서쪽 하늘을 바라보면서 헤스페리데스의 정원들을 떠올리지 않은 자 그 누구랴! 그 모든 신화의 근원을 뉘라서 못보고 지나치랴!.

콜럼부스는 서쪽으로 향하고자 하던 당시의 풍조를 이전 그 누구보다 강하게 느끼고 있던 사람이었습니다. 그는 그런 풍조에 몸을 내맡기고 카스티야 이 레온(Castile and Leon : 콜럼부스는 카스티야 이 레온의 여왕 이사벨라를 위해 항해했다)을 위해 신세계를 발견했죠. 그래서 당시의 일부 무리들은 아득히 저 먼 곳으로부터 풍겨오는 신선한 목초 냄새를 맡을 수 있었습니다.

> "바야흐로 햇살이 모든 구릉에 길게 드리우더니
> 서쪽 만으로 떨어졌네
> 마침내 그가 일어서 푸른 망토를 홱 잡아 펼쳤네
> 숲과 초원이 싱그러움으로 가득 찰 아침을 위해
> 【영국 시인 존 밀턴의 '리시다스 Lycidas' 에서】

밖의 풍경이 황량할수록 그만큼 제 정신은 어김없이 고양됩니다. 제게 대양과 사막 혹은 황무지를 주십시오. 사막의 대기는 메마르고 땅은 척박하기 이를 데 없지만 그곳의 청정한 공기와 고독이 그런 결핍을 보상하고도 남습니다. 여행가 버튼(Sir Richard Francis Burton, 1821-1890 : 영국의 탐험가이자 군인, 작가, 인종학자, 언어학자, 외교관으로 아시아와 아프리카를 여행한 것으로 유명해졌다)은 이렇게 말했죠. "당신의 도덕성이 증진된다. 솔직해지고 신실해지고 마음이 열리면서 한결같아진다. 사막에서는 알코올음료가 기피의 대상이다. 오로지 동물적인 실존 속에 격렬한 기쁨이 있다." 타

타르 지방의 대초원 지대를 오랫동안 여행해 온 그들은 또 이렇게 말합니다. "경작지로 다시 들어가자 문명이 주는 혼란과 불안과 소란이 우리를 옥죄며 숨막히게 했다. 대기가 우리를 무력하게 만들어 이러다가 질식해 죽는 건 아닌지 당황스러웠다." 기분을 전환하고 싶을 때 저는 칠흑같이 어둡고 울창하고 그 끝을 알 수도 없는 숲을 찾습니다. 또 일반 사람들은 음침하다고 할지 모르지만 저는 가능한 한 음침한 습지를 찾습니다. 제게 습지는 누구도 범접하기 힘든 성소(sanctum sanctorum)와도 같습니다. 거기엔 자연의 정수精髓랄까, 그런 힘이 있죠. 야생의 숲은 처녀지에 뿌리를 내리고 있습니다. 그곳의 흙은 사람에게나 나무에게나 모두 좋습니다. 농장에 산더미 같은 퇴비가 필요하듯이 사람의 건강을 위해서는 넓은 목초지가 필요합니다. 그곳에 그를 먹여 살릴 싱싱한 고기가 있기 때문이죠. 사실 도시를 살리는 것은 그곳에 사는 강직한 사람들이 아니라 그곳을 둘러싸고 있는 숲과 습지라 할 수 있죠. 원시림이 위로는 물결치고 아래로는 썩어가는 그런 마을이야말로 옥수수나 감자를 키우기에 적당할 뿐 아니라 미래를 위해 시인과 철학자를 키워내기에도 안성맞춤입니다. 호머도 공자도 그런 땅에서 자랐죠. 또 이 땅을 개혁할 인물도 그런 야생의 땅에서 메뚜기와 석청을 먹고 자란 사람들 속에서(마태복음 제3장 제3-4절) 나옵니다.

야생동물을 보호한다는 말에는 통상 그 동물들이 살거나 드나 들 숲을 조성한다는 의미가 함축되어 있죠. 사람들에게도 마찬가지입니다. 백 년 전만 해도 그들은 우리 숲에서 나무껍질을 채취해서 거리에 내다 팔았습니다. 원시적이고도 거친 나무들의 겉모습을 보면 인간의 정신력을 다지고 강화하는, 뭐랄까 어떤 단련의 의미랄까 하는 게 있었다는 생각도 듭니다. 그런데 맙소사! 저는 벌써 제 고향마을에서 품질 좋고 두툼한 나무껍질을 넉넉히 채취할 수 없는 시대가 온 것 같아 두렵습니다. 상황이 좋지 않은 쪽으로 상당히 변한 거죠. 그래서 우리는 더 이상 타르와 테레빈유油를 생산할 수 없습니다.

그리스, 로마, 영국과 같은 문명국들은, 저 옛날 서 있던 자리에서 그대로 썩어 내린 원시림들 덕분에 지탱되고 있죠. 이 나라들은 그 땅의 힘이 고갈되지 않는 한 살아남게 될 겁니다. 아아, 안타깝도다 인간의 문명이여! 식물이 자라는 옥토가 고갈되면 한 나라의 미래는 암담해집니다. 그 나라는 자기 조상들의 뼈를 거름으로 삼도록 궁지로 내몰리겠죠. 그곳에서 시인들은 오로지 자기에게 남아도는 지방질로 연명을 하

사진 _ 이동훈

고 철학자들은 골수에 미치도록 철저히 무너져 내리게 됩니다.

　"처녀지를 일구는 일"이 아메리카 사람들의 임무라는 말이 있죠. 또 "이곳에서 농업 하면 이미 사람들은 어딘가에 있는 미지의 땅을 떠올린다"고도 말하죠. 저는 농장주들이 저지대 초원을 매립함으로써 스스로 더 강해지고 어떤 면에서는 더 자연적인 삶을 살 수 있기 때문에 인디언들을 내쫓고 있다고 생각합니다. 일전에 한 남자의 부탁으로 습지를 관통해서 일직선으로 600미터가 넘는 지역을 측량한 적이 있었죠. 그곳을 들어서는 순간 단테가 지옥으로 떨어지는 순간을 묘사했던 구절이 떠오르더군요. "지옥으로 들어서는 그대, 언젠가 다시 빠져나올 거라는 희망은 애당초 버려라." 어쨌든 그곳에서 언젠가 나를 고용한 그 남자를 만났는데 아직 겨울이었음에도 자기 소유의 늪에서 실제로 물이 턱까지 차오른 채 죽을힘을 다해 헤엄을 치고 있었죠. 그에게는 이 비슷한 또 하나의 습지가 있었는데 물 아래로 완전히 잠겨 있어서 그 습지는 측량을 할 수 없었죠. 그리고 제가 먼발치에서 관측한 제 3의 습지가 있었는데 그 남자는 그 습지에 대해 깊은 속내를 털어놓았습니다. 그 어떤 보상을 해준다 해도 습지가 품고 있는 진흙 때문에 그 습지만큼은 포기할 수 없다고 말이죠. 그러고는 40개월을 투자해서 습지 전역을 에워싸는 수로를 파서 그

야말로 삽의 마술로 그 습지를 건져내겠노라고 말했습니다. 이런
부류의 인간형도 있다는 의미에서 한 번 거론해 보았습니다.

우리가 가장 중요한 승리를 쟁취하는 데 이용한 무기, 자자손
손 가보처럼 물려주어야 할 무기는 칼이나 창이 아니라 덤불을
헤치는 기구, 제초기, 삽, 습지용 괭이 같은 것입니다. 그런 기구
들은 숱한 초원을 누비며 전쟁을 치르느라 풀물이 피처럼 얼룩
져 있고 숱한 들판에서 격전을 치르느라 먼지를 잔뜩 뒤집어쓰
고 있을 것입니다. 바야흐로 인디언의 옥수수 밭에 바람이 불어
초원 쪽으로 그들이 가야할 길을 가리켰지만 그들로서는 그 길
을 따라갈 재주가 없었죠. 그들에겐 조개껍데기 외에는 자기네
땅에 몸을 붙박기 위해 동원할 마땅한 도구가 없었죠. 하지만 농
장주들은 쟁기와 삽으로 무장하고 있었습니다.

문학에서 우리를 매료시키는 것은 오로지 야성입니다. 무미건
조함이란 길들여짐의 또 다른 말에 불과하지요. 햄릿과 일리아
드, 우리가 학교에서 배우지 않은 모든 경전과 신화 속에서 우리
를 들뜨게 하는 것은 바로 문명의 때가 묻지 않은 자유롭고 거친
생각입니다. 야생오리가 집오리보다 재빠르고 아름답듯이 아침
이슬을 맞으며 늪지대 위를 나는 야생의 청둥오리 같은 생각 역

시 그러하죠. 진정 좋은 책이란 꾸밈없는 그 무엇인가를 담고 있죠. 또 뜻밖에, 까닭 모르게 아름답고 완벽한 그 무엇이죠. 그것은 서쪽의 대초원에서, 동쪽의 정글에서 발견하게 되는 야생화입니다. 천재는 어둠 속에서 우리 눈을 뜨게 만드는 빛입니다. 천재는 인류의 노변을 비추는 희미한 촛불이 아닙니다. 일상의 빛 앞에서 쉽사리 힘을 잃고 마는 그런 빛이 아닙니다. 진정한 천재는 지식의 전당 그 자체를 산산조각 내버리는 번개의 섬광과도 같은 빛입니다.

음유시인의 시대로부터 호반시인에 이르는 영국 문학, 초서

와 스펜서와 밀턴, 그리고 심지어 셰익스피어까지 포함하는 영국 문학은 그다지 싱싱한 선율을 담고 있지 못합니다. 다시 말하면 야생의 선율을 담고 있지 못하다는 얘기죠. 영국 문학에서 야생의 땅이란 푸른 숲 정도이고 야인이라고 해봐야 로빈 후드 정도가 등장할 뿐입니다. 자연에 대한 온화한 사랑은 넘쳐나지만 자연 그 자체는 찾아보기 어렵습니다. 영국 문학을 연대기 순으로 살펴보면 야생동물이 언제 멸종됐는지는 알 수 있지만 문학 속에서 야인이 언제 사라졌는지는 알 수 없습니다.

한마디로 모든 좋은 것들은 야성적이고 자유롭습니다. 그냥 우스갯소리로 하는 얘기가 아니라, 악기가 자아내든 인간의 목소리가 자아내든 음악의 어떤 선율에는 그 안에 자리잡고 있는 야성으로 인해 숲 속 야생동물들의 포효를 상기시키는 무언가가 있습니다. 여름밤 창공을 가르는 나팔 소리를 떠올려보세요. 내가 야생동물들의 야성을 이해할 수 있는 건 거기까지입니다. 길들여진 사람이 아닌 거칠고 야성적인 사람을 내 친구와 이웃으로 주십시오. 미개인들의 난폭함이란 선량한 사람들과 연인들이 어쩌다 마주치게 되는 끔찍스런 폭력을 아무런 근거 없이 그들에 가져다 붙여 상징화한 것에 불과합니다.

저는 심지어 길들여진 동물들이 어쩌다 타고난 본성을 내비치는 모습조차 사랑합니다. 그 동물들이 타고난 야생의 습성과 활력을 완전히 잃지는 않았다는 한 증거일 테니까요. 마치 제 이웃의 소들이 이른 봄에 목장을 뛰쳐나와 눈 녹은 물로 불어난 폭 100미터가 훌쩍 넘는 차가운 회색빛 강을 거침없이 건너는 모습처럼 말이죠. 바로 미시시피 강을 건너는 버팔로가 연출해내는 광경입니다. 이렇듯 장관을 연출하는 소 떼에게서는 뭐랄까 위풍당당함 같은 게 느껴지죠. 본능의 씨앗은 마치 땅 속의 씨앗처럼 소와 말의 두꺼운 가죽 아래 영원히 간직되어 있습니다.

어떤 장난꾸러기 같은 본능이 잠재되어 있다는 것은 기대 밖의 기쁨이죠. 언젠가 어린 수소와 암소 열 댓 마리가 떼를 지어 이리저리 내달리며 우스꽝스럽게 뛰노는 광경을 보았습니다. 머리를 마구 흔들며 꼬리를 하늘을 향해 곧추세운 채 언덕을 오르락내리락 내달리고 있는 모습이 거대한 쥐처럼 보이기도 하고 심지어 새끼고양이처럼 보이기도 했죠. 그리고 그 녀석들의 행동뿐 아니라 솟아난 뿔에서 사슴 족속과의 관계를 떠올렸습니다. 하지만 안타까울 따름입니다. 갑자기 들려오는 '워' 하는 고함소리! 그들의 열정이 한 순간에 풀 죽어 잦아든 순간이었을 테니까요. 그리고 사슴고기가 쇠고기로 탈바꿈하는 순간이었으니까요. 녀석들은 마치 기관차처럼 옆구리 살과 근육이 뻣뻣하게 굳어버렸습니다. 악마가 아니라면 그 누가 인류에게 '워!' 하고 소리쳤을까요? 사실상 많은 사람들의 삶처럼 소들의 삶 역시 기관차를 닮아 있을 뿐입니다. 녀석들은 한 번에 한 쪽 방향으로만 이동합니다. 신체 조직이 작동하는 구조 면에서 사람은 말이나 황소를 얼마간 닮아 있습니다. 채찍이 닿는 바로 그 순간 그 부분은 마비되어버리죠. 쇠고기 옆구리 살에 대해 말하듯 유연한 고양이의 옆구리를 생각한 사람이 과연 있을까요?

말과 황소가 인간의 노예 노릇을 하려면 거기에 반드시 길들여지는 과정이 필요하다는 사실이 저를 안도하게 만듭니다. 사람들 스스로가 사회에 순종하는 일원이 되기에 앞서 아직 파종하지 않은 야생귀리를 갖고 있다는 사실이 저를 기쁘게 합니다. 의심할 여지없는 사실입니다만 모든 사람들이 똑같이 문명에 복종하는 신하가 되기에 적절한 운명을 타고난 것은 아니죠. 개와 양이 유전적 기질에 의해 온순한 것처럼 대다수가 그렇다고 해서 그것이, 모두 길들여져 천편일률적인 본성을 가져야 할 이유가 될 수는 없겠지요. 대체로 사람들은 서로 닮아 있습니다.

하지만 반면에 제각기 다양한 효용가치를 갖고 있기도 하지요. 저급한 일에 동원된다면 누구나 비슷하게 그 일을 해낼 수 있을 겁니다. 하지만 그것이 고급한 일이라면 개인의 탁월한 면이 참착되어야겠죠. 누구나 바람을 피하기 위해 구멍을 막을 수는 있습니다. 하지만 누구나 남에게서 볼 수 없는 희귀한 효용가치를 보여줄 수는 없지요. 공자 가라사대 "호랑이와 표범의 가죽도 무두질을 하면 개나 양의 가죽과 비슷하다"고 했습니다. 하지만 호랑이를 길들인다는 것은 양을 사납게 만드는 일만큼 이나 진정한 문명과는 동떨어진 일이지요. 호랑이의 가죽을 무두질해서 구두를 만드는 것이 호랑이를 가장 잘 활용하는 길은 아니니까요.

"그는 심오한 직관력을 동원해 자연 구석구석에서 법과의 유사점을 밝혀냈다. 나는 단일한 사실로부터 보편적 법칙을 그 즉석에서 추론해내는 그런 천재를 본 적이 없다."

【랄프 왈도 에머슨】

아주 이따금 가령 철로를 걸으며 무언가 생각에 잠겨 있을 때 실제로 열차들이 곁을 스쳐 지나가도 그걸 미처 깨닫지 못하는 경우가 있습니다. 하지만 이내 어떤 거부할 수 없는 법칙에 의해 우리의 삶은 지나가고 열차는 되돌아옵니다.

"잡힐 듯 말 듯 부드러운 산들바람이 맴돌자
폭풍의 루아르 강 여기저기 피어난 엉겅퀴가 고개를 숙이네.
바람의 골짜기를 여행하는 그대여,
어찌 그토록 홀연히 내 귓가에서 사라져갔는가?"

우리는 지난 11월 어느날 놀라운 일몰을 경험했습니다. 자그마한 개울이 시작되는 초원을 걷는 중이었죠. 태양이 선명한 서쪽 지평선에 걸려 춥고 음산했던 하루를 막 마감하던 순간이었습니다. 아침의 그 찬연하고 부드러웠던 햇살이 바야흐로 서쪽으로 기울면서 반대편 지평선에 있는 메마른 풀밭과 나무줄기들, 그리고 산허리 키 작은 떡갈나무 이파리 위에 쏟아지고 있었죠. 우리 그림자가 동쪽을 향해 풀밭 위로 길게 드리워졌습니다. 그 햇살 속에서 우리는 그저 한 점 티끌인 듯싶었습니다. 지금까지 우리는 그런 빛을 단 한 순간도 상상할 수조차 없었습니다. 대기 또한 너무도 따스하고 청명해서 그 초원이 바로 낙원이라는 생각이 들 정도였죠. 그런데 오늘의 이 일몰이 다시는 일어날 수 없는 유일무이한 현상이 아니라 앞으로도 영원히 저녁만 되면 우리 앞에 펼쳐지면서 자손만대 이곳을 걷는 이들에게 기쁨을 주고 용기를 북돋아 줄 것이라는 데 생각이 미치자 눈앞의 정경이 한층 더 찬란해보였습니다.

태양이 인가 하나 눈에 띄지 않는 궁벽한 초원 위에 집니다. 수많은 도시에 아낌없이 쏟아주었던 그 모든 영광과 찬란함을 안고 마치 예전에는 단 한 번도 이런 적이 없다는 듯 그렇게 지고 있습니다. 그곳에 사는 한 마리 외로운 개구리매의 양 날개도 금빛으로 물들고 사향뒤쥐 한 마리도 통나무집 밖으로 얼굴을

내밉니다. 검은 띠를 이루며 습지 한 가운데를 흐르는 작은 개울도 썩어가는 나무 그루터기 주변을 유유히 휘감아 돌아 이제 막 굽이쳐 흐르기 시작하는군요. 우리는 참으로 맑고 찬란한 빛 속을 걸었습니다. 메마른 풀과 나무 이파리들이 금빛으로 물들어 있었죠. 이루 말할 수 없이 부드럽고 평온한 금빛 물결이었습니다. 그 물결에 파문 한 점 일으키지 않고 말 그대로의 정적 속에서 이렇듯 제 몸을 온전히 적셔본 적이 단 한 번도 없었다는 생각이 들더군요. 모든 숲과 둔덕의 서쪽 면이 마치 이상향의 경계라도 되는 양 어슴푸레 빛나고 햇살은 저녁이 되어 우리를 집으로 몰고 가는 온순한 목동처럼 우리 등 뒤를 비췄습니다.

그렇듯 우리는 성지를 향해 거닙니다. 언젠가 태양이 가을날 강둑 비탈면을 비추는 햇살처럼 그렇듯 따스하고 평화로운 금빛 물결로 지금보다 훨씬 더 밝게 빛날 때까지, 그리하여 우리의 머리와 가슴속을 환히 비춰 숭고한 각성의 빛으로 우리의 모든 삶을 밝게 해줄 때까지.

아! 삶 속에서 더 이상을 바라지 않고
지나가 버린 날에 아쉬움을 느끼지 않는다.
나는 자유와 평온을 구하고 싶네
이제 내 자신을 찾기 위해 잠들고 싶네

이제 내 자신을 찾기 위해
잠들고 싶네...

「가족」, 사진 _ 국립공원관리공단 | 이기석

나 홀로 걷는 길

나 홀로 길을 나섰네
안개 속을 지나 자갈길을 걸어가네
밤은 고요하고 황야는 신에게 귀 기울이고
별들은 서로 이야기를 나누네

길을 나서면 모든 게 경이롭다. 길을 가다보면 안개 낀 날도 있을 것이요, 무작정 가다가 날이 저물어 낭패를 보는 수도 있을 것이다. 그러나 날이 저문다고 걱정만 할 일은 아니다. 그런 날이면 밤이 더 고요하고 바로 머리 위로 다가온 저 깊고 푸른 하늘에 거하고 있는 신神과 더 가까이서 대화할 수도 있다. 그런 날이면 별들이 서로 속삭이는 것 같다. 서로 얼굴과 몸매 자랑도 하고 정담도 나누고 때로는 거울로 햇빛을 얼굴에 쏘아주는 장난도 할 것이다. 사람을 뺀 모든 자연이, 그동안 말도 없이 숨어있던 모든 자연, 무생물이 이야기 한다. 밤을 걷는 사람들에게 걷는 일 자체는 이처럼 많은 경험의 보고이다.

이런 멋진 표현을 한 시인이 누구인 줄 아는가? 이 시는 '나 홀로 길을 나섰네'로 잘 알려진 러시아 음악의 노랫말이다. 스베틀라나라고, 한 러시아출신의 프랑스 여성이 프랑스어로 불러 10년 전 우리나라에 유행했던 노래다. 단조로 된 쓸쓸한 멜로디, 그러기에 더욱 혼자 걷는 외로움을 잘 묘사하고 있는 것 같다. 그 노래의 첫 단은 이렇게 몸과 마음에 와 닿는다. 그 광경이 찬연粲然하고 정겹다. 그러나 그 다음 단은 상황이 급하게 반전한다.

하늘의 모든 것은 장엄하고 경이로운데
대지는 창백한 푸른빛 속에 잠들어 있다
도대체 왜 나는 이토록 아프고 괴로운가?
무엇을 후회하고 무엇을 기다리는가?

그에 있어서 홀로 나가서 걷는 것은 낭만의 휴식이 아니라 자신의 가혹한 운명에 대한 원망과 호소였다. 넓은 황야에 서서 검푸른 밤하늘, 끝없는 창공을 올려다보며, 그 검푸른 색, 창백한 푸른색 속에 잠들어 있는 대지에서 신에게 왜 나에게 이런 어렵고 힘든 운명이 닥치는가를 털어놓고 그 해답을 촉구하고 싶은 것이다.

　도대체 이 시인이 누구이길래 이처럼 힘든 상태가 되었을까? 왜 혼자서 길을 나서야 했을까?

　이 노래말을 쓴, 그러니까 이 노래의 작사자는 미하일 유리에프 레르몬토프라고 하는 러시아 군인이자 시인, 작가이다. 1814년 제정 러시아 때 태어나 1841년 불과 26의 나이에 세상을 떠난 젊은 천재(시인, 작가, 화가)이다. 모스크바의 귀족 가문 출신인데, 모친이 3살 때 죽었기 때문에 펜자 주의 귀족인 외할머니 밑에서 귀엽게 자랐다. 다만 외할머니와 부친 사이가 좋지 않아 가정의 행복은 맛보지 못했고 이로 인한 어두운 그림자가 그의 성격이나 작품에 반영되고 있다. 그는 지나치게 조숙해서 1829년(15세)에 이미 시, 희곡, 소설을 썼고 회화, 음악, 수학에도 비범한 재능을 보였다. 그의 이름을 일약 유명하게 한 것은 1837년(23세), 푸시킨이 결투로 살해당했을 때 쓴 시 '시인의 죽음'이었다. 결투로 죽었음에도 푸시킨을 살해한 진범은 전제주의를 옹호하는 귀족이라고 날카롭게 비난한 이 시로 해서 그는 황제인 니콜라이 2세의 분노를 사서 캅카스(예전에는 카프카스로 표기했으나 최근 바뀌었다. 영어로는 코카서스Caucasus 라고 한다)지방으로 좌천당한다. 여기서 그는 1841년 사소한 일로 친구인 마르티노프로부터 결투를 도전받아 권총으로 결투를 하다가 그의 총에 맞아 세상을 뜬다.

시인 레르몬토프는 어릴 때 어머니가 없는 상황에서 크다 보니 주위에 반항하는 기질이 형성되었고 세상의 굴레를 뛰어나가려는 심리가 많아졌다. 좋은 말로 표현하면 자유를 동경하고 찬미한다고 할 수 있고, 저항과 반역, 체제의 순응보다는 행동을 갈망하게 되었고 그것이 그의 시와 소설에 묘사되었다. 그를 푸쉬킨 이후 낭만주의의 최대의 작가로 평가하는 것도 이런 이유에서라고 한다. 그런 만큼 이제 두 번째 단락의 급반전도 이해할 수 있다.

그러나 그렇게 불평과 탄식만 한다면 어찌 명시에 들어갈 수 있을까? 그 다음 단락에서 그는 차원 높은 생각을 보여준다.

아! 삶 속에서 더 이상을 바라지 않고
지나가버린 날에 아쉬움을 느끼지 않는다
나는 자유와 평온을 구하고 싶네
이제 내 자신을 찾기 위해 잠들고 싶네

아니 갑자기 잠들다니? 모든 것이 지겹고 피곤해서 휴식을 취한다면 그것이 혹 생을 포기하겠다는 것이 아닌가? 그런데 이 단락을 생에 대한 포기로 보기 쉽지만 그렇게 보는 것은 너무 평범하고 깊이가 얕다고 하겠다. 어떻게 보면 세속적인 욕망과 욕심, 자신에게 가혹한 운명의 장난을 마음으로 극복하고 보다 평온한 마음으로 자신의 세계를 열어가겠다는 하나의 각성으로 보아야 한다. 그것이 진정으로 자유를 향해 길을 떠나는 사람들의 자세다. 레르몬토프도 그런 사람임에 틀림이 없다.

그런데 우리가 듣는 노래는 여기서 끝난다. 노래만으로는 뭔가 아쉽고 허전하다. 대체 왜 그런 느낌이 드는 것일까? 이 시는 그 다음 두 단락이 더 있다. 그런데 노래가 끝나니까 사람들은 그 시도 끝난 줄 안다. 그렇지만 시는 인용하지 않은 두 단락이 더 중요하다. 난 러시아어나 불어를 모르니까 영어로 번역된 나머지 노래말, 곧 원래의 시를 읽어보자.

그러나 꽁꽁 언 무덤 속에서 자는 것이 아니라
영원한 휴식을 찾아 떠나고 싶은 것이야
내 가슴 속에서 졸고 있던 내 인생의 힘을
부드럽게 숨쉬기를 따라 오르고 내리도록 말이야

밤낮으로 마음이 부드러워 지지
나에게 사랑을 노래하는 달콤한 목소리로 말이야

그러니까 결국은 다시 살아갈 힘을 얻기 위해, 영원히 푸른 오크 나무처럼 긴, 행복하고 달콤한 삶을 살고 싶은 것이다. 그것이 그가 황야로 혼자 걸어나간 이유이다. 홀로 걷는 길, 그것은 언제나 이처럼 자기의 힘든 삶을 극복하고 새 용기를 얻는 구원의 발걸음이 되는 것이고, 그것이 곧 여행의 힘이 되는 것이다.

"눈물이 핑 돌게 하는 선율 위에 가슴 저린 사연을 담은 노래. 러시아 들녘에서 거둬들여 다듬은 보석 같은 시어!! 부조리한 현실을 부정하고 꿈결처럼 아름다운 전원생활만을 그리워하다가 짧은 삶을 마감한 위대한 서정 시인의 애환! 러시아 전통악기 발랄라이카의 가슴에 사무치는 흐느낌…… 러시아를 배경으로 한 어떤 영화 보다 더 러시아를 느끼게 하는 노래!"

이같은 현란한 표현은 이 '나 홀로 길을 나섰네' 라는 곡이 실린 음반의 광고문구이다. 그런데 정작 '나 홀로 길을 나섰네' 라는 노래는 러시아의 악기인 발랄라이카가 아니라 그냥 기타로 반주를 한 노래이다. 그렇지만 러시아적인 음울함이 촉촉하게 배어

있는 스베틀라나의 목소리는 이 음반 중에서 이 노래
에서 가장 두드러진다. 그러기에 이 노래는 MBC TV
가 1999년 9월부터 10월 사이에 16편으로 방송한 수
목드라마 '안녕 내사랑'의 배경음악으로 쓰여 많은
한국인들의 사랑을 받았다. 그렇게 사랑을 받기까지
에는 이 노래를 시로 쓴 러시아 낭만파의 대시인 레르
만토프가 있었고 그 서정을 받쳐준 곡에다가 18세 때
에 러시아에서 프랑스로 이주한 스베틀라나라는 여
성의 애잔한 노스탤지어가 있었다.

오늘 밤, 먼 길을 떠나지 못하는 우리는, 이 노래를
다시 들으며 마음으로나마 먼 길을 떠나서 밤에 검푸
른 창공 속에 빛나는 별을 보며 우리의 마음을 미래에
놓고 희망의 부드러운 손길로 그것을 쓰다듬어 보는
거다. 그러면 우리의 삶이 다시 힘을 얻을 것이다.

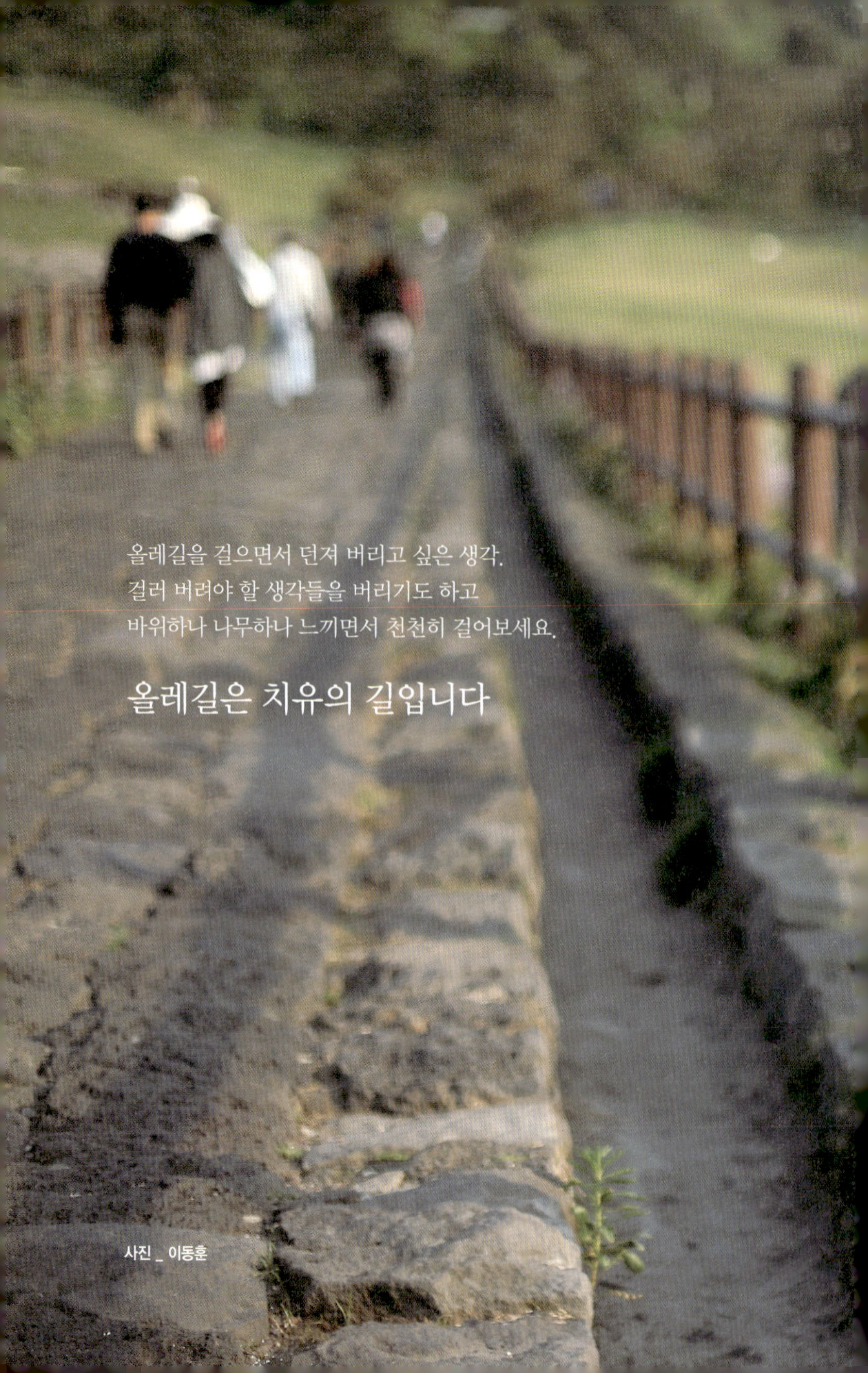

올레길을 걸으면서 던져 버리고 싶은 생각,
걸러 버려야 할 생각들을 버리기도 하고
바위하나 나무하나 느끼면서 천천히 걸어보세요.

올레길은 치유의 길입니다

서명숙이란 여성언론인의 이름에 주목하게 된 것은 한참 사회적인 활동을 열심히 하던 여성한의사 이유명호씨가 '나의 살던 고향은 꽃피는 자궁' 이란 책으로 여성들만이 갖고 있는 자궁이라는 신체기관을 부끄러워하지 말고 당당하게 생각하고 이를 사랑하라는 주장을 펼 때였으니까 2004년 6월쯤일 것이다. 서명숙씨는 이 이유명호씨와 친구 사이로서, 사회활동도 늘 함께 하곤 했는데, 이유명호씨를 통해 어느 자리에선가 인사를 한 적이 있고, 그 때서야 나는 시사저널의 편집장으로서 서명숙씨가 쓴 글을 읽어 보고는 간결한, 그러나 현실을 꿰뚫고 그것을 넘어서는 그 글의 힘에 대해서 놀란 적이 있다. 그 때의 느낌은 한국일보 사장을 지낸 장명수 고문의 글에서 느끼던 감동과 비슷한 것이었다.

여성 최초의 시사주간지 편집장이란 화려한 수식어를 떠나서 어찌됐든 시사저널의 전 편집장이었기에 서명숙 씨는 '삼성 기사 삭제'로 인해 지난 2006년 6월 이후 1년 간 지속돼 온 '시사저널' 사태의 중심에 서서 시사주간지 '시사저널'의 원상회복을 위해 노력하던 모습이 가끔 신문 등에 비춰졌다. 그런 와중이던 2006년 서명숙 씨는 갑자기 스페인에 있는 도보순례행길인 '산티아고길'을 걷는다. 그리고는 그 때에 무언가를 느낀다. "제주의 자연이 이것보다 더 아름다운데……"라는 생각이었단다.

"제가 제주 출신이라서 그런 생각이 들었는지도 모르죠. 하지만 산티아고에는 구릉하고 언덕, 평원만 있지만 제주도는 바다까지 있잖아요. 그리고 아름답죠. 세계자연유산으로 지정된 것만 봐도 알 수 있잖아요. 여기에 제주도에는 이야기가 있어요. 제주도의 옛 신화부터 해녀 할망 이야기까지 여자들에 의해 만들어진 섬이잖아요. 산티아고에 '히스토리'(history)가 있다면 제주도엔 '허스토리'(herstory)가 있죠"

그는 한국에 돌아오자마자 일을 꾸미기 시작한다. 2007년 11월 지인들을 설득해 사단법인 제주올레를 만들고 이사장을 맡아 본격적인 순례길 개발에 나선다. 올레는 옛날 제주에서 집으로 들어가기 위해 돌담을 쌓아 만들었던 짧은 골목길을 의미하는 순수 제주도말이란다. 이미 9월에 첫번째 순례길을 만든 다음이었다. 그렇게 하면서 1년 동안에 8개 코스를 개발한 2008년 8월

말, 그 짧지만 긴, 복잡하면서도 단순한 과정을 글로 기록한 책 '제주 걷기 여행 (놀멍 쉬멍 걸으멍)'을 펴내어 제주 올레길을 일약 우리나라의 새로운 관광명소로 부각시킨다.

때로는 해병대 장병들의 도움을 받아 손으로 일일이 돌을 옮겨 울퉁불퉁한 바위길을 평탄하게 만들기도 하고, 때로는 사람의 발길이 끊겨 30여 년 동안 사라졌던 길을 복원해내기도 한다. 손으로 한 계단 한 계단 흙을 다져 계단을 만들어 가파른 언덕길을 오르기도 하고, 돌덩이 하나하나 손수 옮겨 돌다리를 만들어 내를 연결하기도 한다. 이 모든 열정과 땀방울이 만들어낸 제주올레가 왜 갑자기 사람들의 사랑을 받을 수 있었을까? 그것은 제주의 자연, 곧 오름과 바다를 편안하게 따르면서 나무와 들꽃, 하늘과 바람을 온몸으로 느낄 수 있어서일 것이다. 그것은 곧 인간적인 길이요, 느릿하게 걸으면서 지친 몸과 마음을 치유 받을 수 있는 길이기에 치유의 길인데다가, 그곳을 밟은 사람들은 마음이 하나가 되니 통합의 길이요, 그 길을 밟고 난 뒤에 마음이 평안해지니 평화의 길이다. 바로 그녀 자신이 2008년 11월 KBS뉴스의 취재에서 밝힌 그대로 '통합의 올레, 평화의 올레, 치유의 올레'이기 때문이리라.

"제주도에는 지금도 많은 관광지가 있고 새로 관광지가 만들어지

사진 _ 이동훈

기도 하죠. 하지만 대부분은 점찍는 관광이잖아요. 포인트만 찍고 움직이는 관광. 그렇게 몇 번 다니다보면 제주를 다 본 것 같고 '제주 볼 것 없더라', '제주 2박3일이면 충분해' 이런 이야기를 하게 되는 게 싫었고 사람들이 좀 더 제주를 진하게 느끼게 하고 싶었어요. 자동차로 하는 관광은 점點의 관광이에요. 기능적으로는 이 지점, 저 지점 빠르게 움직이며 양으로는 많은 것을 볼 수 있죠. 하지만 제주

사진 _ 이동훈

제주올레가 여행객들에게 정서적으로 호소하는 대목은 이른바 '착한 여행'이라는 컨셉이란다. 최근 유행하는 '착한 소비'의 연장선인 '착한 여행'은 여행경비의 태반이 실제 지역주민에게 돌아가는 구조를 갖고 있는 것을 말한다. 제주 올레길은 기본적으로 걷는 것이기에, 길을 가다가 목이 몰라도 그 지역에서 사 먹게 되고 배가 고프면 음식도 사 먹고 해서 그 지역에 돈을 쓴다. 그렇다고 이런 코스에 요란하거나 겉만 번드레한 음식점이 있을 턱이 없으므로 가격도 그리 비싸지 않은 제주음식을 사서 메고 가거나 혹 주저 앉아 맛볼 것이다.

"모든 것이 하나가 된다. 나의 호흡, 나의 발걸음, 바람, 새의 노랫소리, 물결치는 옥수수밭, 그리고 피부로 느껴지는 신선한 기분. 나는 조용히 걸어간다. 걷는 동안 내가 내 발로 길을 밟는 건지, 길이 내 발을 밟는 건지? 길 위에 죽어 있는 고양이와 같은 추함이나 눈 덮인 산봉우리의 아름다움도 아무런 인상을 남기지 않는다. 아무런 강요가 없는 상태는 순수, 신선의 경지다. 기쁨을 주지 않지만, 고통 또한 주지 않는다. 내가 아무 생각도 하지 않고 아무것도 표현하지 않아도 나는 항상 거기에 존재한다. 길 위에서 나는 항상 한 가지와 맞닥뜨린다. 그건 바로 '나' 다."

그런 곡절 끝에 이미 15개 코스가 개발되었다. 입소문을 타고 나날이 순례객들이 늘고 있어 제주도는 함박웃음이란다. 필자는 아직 그 길을 가지 못했다. 제주도 다녀온 것이 2006년 5월이니까 그 때까지는 서명숙 씨가 서울에서 바쁠 때였다. 그러나 그 뒤에 접한 서명숙 씨의 활동 소식은 처음 만났던 때에 읽었던 그 글만큼이나 또 다른 감동으로 다가온다. 우리처럼 사무실에 처박혀 머리로만, 컴퓨터의 워드 프로세스를 치는 손가락으로만 세상을 보고 재단하고 있는 사람과는 달리, 직접 현장을 보고 현장 속에서 무언가를 찾아내고, 이를 실행에 옮기는 그 힘이 놀라운 것이다.

서명숙은 이제 시사저널의 첫 여성편집장, 혹은 오마이뉴스의 편집국장이라는 과거의 타이틀보다도 제주올레를 개발한 사람으로 더 많이 알려지고 그것으로 역사에도 남을 것이다. 무언가 역사를 만든다는 것은 쉬운 일이 아니다. 역사라는 것은 현재를

뛰어넘을 때에 만들어지고 기록될 수 있다. 역사에 남을 수 있다
는 것은 이미 그가 기획하고 행한 일이 과거에 없던 새로운 일이
고, 그것이 미래에도 의미 있는 일이 된다는 뜻이다. 그런 의미
에서 서명숙은 진정한 언론인이라고 할 수 있다. 사람들이 마음
속으로 보고 싶었던 것을 찾아내어 보게 해 주었고, 그 길을 걸
으면서 사람들이 마음의 평온과 평화를 느끼고 정신의 해탈을
맛보게 해주기 때문이다. 참으로 어느 책의 글 한 줄, 신문의 기
사 한 줄이 하지 못하는 일을 하고 있는 것이다.

"올레길을 걸으면서 던져버리고 싶은 생각, 걸러버려야 할 생각들
을 버리기도 하고 바위하나 나무하나 느끼면서 천천히 걸어보세요.
올레길은 치유의 길입니다."

그녀의 글을 읽고 제주도를 찾아가려는 사람들이 무척 많아졌
다는 소식에 나도 올해 안에 둘 중의 하나는 꼭 해보아야겠다는
생각이 든다. 책을 사 보든지, 아니면 제주도의 올레길을 직접 밟
아보는 것이다. 그렇게 해서 영국의 로버트 루이스 스티븐슨이
그의 글 '혼자 걷는 여행'에서 밝힌 여행의 진수를 느끼고 싶다.

"그런데 정말로 잘 즐기려면 걷는 여행은 혼자서 가야하는 겁니다.

쌍으로 가거나 여럿이 가면 이름만 걷는 여행일 뿐, 다른 종류의 것이어서 뭐 본질에서는 피크닉에 더 가까운 것이라고나 할까요. 걷는 여행은 혼자서 해야 하는 겁니다. 왜냐하면 그 핵심은 자유이니까. 왜냐하면 당신이 내키는 대로 멈추거나 가고, 혹 이 길을 가거나 저 길을 선택하는 거고, 당신 스스로 알맞은 속도를 정해야 하니까. 걷기 챔피언을 따라가느라 뒤뚱거리거나 여자에 맞추느라 위축될 필요가 없어요. 모든 느낌에 마음을 활짝 열어놓고 당신이 보는 그대로의 색깔을 마음에 입히는 겁니다. 말하자면 바람이 부는 대로 소리가 나는 악기가 되는 것이지요."

【R.L.Stevenson, Walking Tour 중에서 / 이동식 역】

근데 아침부터 웬 여행이야기란 말인가? 아, 그래. 주말 내내 비가 와서 아무데도 못가고 집안에만 틀어박혀 있다 보니 뭔가 짜증이 난 때문일 것이리라.

그런데 사실 올레길은 제주도에만 있지는 않을 것이다. 전국 어디나 많을 것이다. 그 길을 내어야 한다. 그렇게 되면 이제 전국이 올레길로 연결되어 사람들이 그 길에서 마음을 트고 정과 얘기를 나눌 날이 머지 않아 올 것이다. 이런 염원이 불과 1년 후에 이뤄졌다. 이미 지리산에도, 북한산에도, 관악산에도 생겼다. 전국 곳곳에 올레길이 생긴 것이다. 놀랐지만 당연한 일이 아닌가?

사진 _ 이동훈

눈앞으로는 소나무가 우거진 산이 있고
그 산위로 구름이 보인다

청산은 나를 보고 말 없이 살라하고 창공은 나를 보고 티 없이 살라하네
사랑도 벗어 놓고 미움도 벗어 놓고 물같이 바람같이 살다가 가라하네

「지리산 꽃길」, 사진 _ 국립공원관리공단 | 서현

별

우리 살던 옛집 지붕에는
우리가 울면서 이름 붙여준 울음 우는
별로 가득하고
땅에 묻어주고 싶었던 하늘

우리 살던 옛집 지붕 근처까지
올라온 나무들은 바람이 불면
무거워진 나뭇잎을 흔들며 기뻐하고
우리들이 보는 앞에서 그 해의 나이테를
아주 둥글게 그렸었다

우리 살던 옛집 지붕 위를 흘러
지나가는 별의 강줄기는

오늘밤이 지나면 어디로 이어지는지

【이문재 '우리 살던 옛집 지붕'】

어릴 때 시골에서 살던 사람들에게 가장 강렬한 추억이라면
아무래도 밤 하늘에 올려다보는 별들의 잔치일 것이다. 특히나
여름날이면 더위를 식힌다고 마당에 화톳불을 펴 놓고 손으로
모기를 쫓으며 연신 부채질을 하노라면 옆에서 할머니가 옛날
이야기를 들려주실 것이고 그 때의 소년(혹은 소녀)는 검푸른 하
늘을 가로질러 북에서 남으로 내려가는 은하수가 정말로 냇물

인양 강인양 생각되어 그 은하수에 조각배가 떠서 우리들을 어디론가 싣고 가줄 것 같은 환상을 꿈꾸었으리라.

그런 밤하늘의 별을 보기가 왜 그리 어려운가? 더구나 그것이 마치 흐드러진 조팝꽃처럼 강물을 이루는 광경은 이제 서울권에서는 진정 보기 어려울 터이다. 서울 근처에 있던 한 천문대에서도 공기가 나빠져 별이 안보인다고 다른 데로 옮긴다고 한다.

그런데 웬 일인가? 은하수의 잔치를 보다니 말이다. 어떻게 나한테 그런 행운이 올 수 있단 말인가?

평소 알고 지내던 종수라는 스님이 전화로 영덕에 장육사라는 절이 있는데, 거기 건칠보살이 우리나라에서 가장 오래된 것이니 한번 쯤 구경가자라는 말을 들었을 때만 해도, 우리나라 절 어디에 보물이나 귀중한 문화재가 없는 곳이 있겠느냐며 심드렁했었다. 그런데 지난 주 자기가 그곳에 가니까 꼭 와서 하룻밤을 유留하란다. 주말 오후 같이 가는 일행을 구해서 차 한대에 두 쌍의 부부가 타고 출발한다. 경주까지는 고속도로로, 경주에서 포항을 지나서는 7번 국도를 타고 하염없이 북으로 올라간다.

포항을 지나서 영덕 쪽으로 올라가다 보니 도로가 바닷가를 더듬어 따라가는데, 거기서 열려있는 바다는 부산하고는 또 다르다. 부산의 바다는 시각視角, 곧 보이는 각도가 160도쯤인데

흥해를 지나 화진포를 넘어서니 190도쯤 눈에 넓게 들어온다. 바다도 깊이가 다른 듯 더 검고 진하다.

가다가 쉬다가 영해라는 곳에서 좌회전해서 태백산백 쪽으로 약 8킬로쯤 올라가니 장육사莊陸寺가 있다. 행정구역으로는 영덕군 창수면 갈천리 120번지. 그곳으로 올라가는 길은 의외로 길쭉하면서도 제법 경지가 되는 골짜기가 길게 형성되어 있고 더 올라가니 계곡의 아름답고 물소리가 시원하다. 산비탈을 따라서 집도 제법 많다. 지형이 가파르고 협소한 것 같지만 동네가 사람 살기에 좋은 곳인 듯한 느낌을 준다. 갑자기 길 옆에 큰 돌로 된 시비詩碑가 보인다. 10미터 난시亂視인 나는 보지 못했는데, 눈 좋으신 분이 보더니 그것이 나옹화상의 시란다. 바로 이런 것

青山兮要我以無語　청산은 나를 보고 말 없이 살라하고
蒼空兮要我以無垢　창공은 나를 보고 티 없이 살라하네
聊無愛而無憎兮　사랑도 벗어놓고 미움도 벗어놓고
如水如風而終我　물같이 바람같이 살다가 가라하네

이 시는 고등학교 때 배운 나옹스님의 시가 아니던가? 웬 나옹스님? 절 앞에 가서 안내판을 보고서야 알았다. 나옹스님이 원래 이 일대에 사셨고 절도 나옹스님이 만들었다는 것. 흔히

나옹선사라고 부르는 이 분은 1320년 태어나서 1376년 입적하셨으니까 이 시가 만들어진 것도 대략 630여 년은 된 것 같다. 그 시가 입으로 입으로 전해져 기록된 것일텐데, 과연 장육사에 올라오니 저 밑으로 올라온 길이 있고 눈 앞으로는 소나무가 우거진 산이 있고 그 산위로 구름이 보인다. 바로 그 시에 나오는 청산과 창공이 바로 이곳을 말함이렷다. 그리고 이 산의 이름도 구름이 산다는 운서산雲棲山이다.

절은 그리 크지 않다. 대웅전과 관음전, 흥원루興遠樓이라는 누각식 문, 요사채로 쓰이는 건물 등 7~8동이 있을 뿐이다. 원래의 건물은 조선 세종(재위 1418~1450) 때 산불로 인해 불에 타고 그 후 다시 절을 세웠으나 임진왜란(1592) 때 훼손되어 다시 절을 세웠단다. 대웅전은 단청을 금단청으로 하여 화려하면서 색상이나 무늬도 장엄하며, 특히 천장의 주악비천상과 좌우벽의 보살상 벽화가 눈에 들어온다. 수법이 아주 고상하고 세련되었으며 은은한 필치가 높은 예술적인 품격을 보여준다. 그리고 관음전 안에는 우리나라에서 가장 오래 되었다는 건칠보살좌상(盈德莊陸寺乾漆菩薩坐像)이 앉아 계시다. 높이 86센티로 보물 993호로 지정돼 보호되는 것인데, 그리 크지 않지만 금으로 옷을 입은 보살의 자태가 찬란하다. 건칠불이란 진흙으로 속을 만들

사진 _ 이동훈

어 삼베를 감고 그 위에 진흙가루를 발라 묻힌 다음 속을 빼어
버린 것이다. 여기에 다시 금박을 했는데, 화려한 보관과 긴 귀
가 아주 이채롭다. 이 불상은 조선조 태조 4년인 1395년에 관리
들과 마을 사람들이 시주를 해서 만든 것이란 기록이 나와 정확
한 연대를 알 수 있고 이것이 고려말 조선초 보살상들의 연대
추정에 기준이 된다고 한다.

뭐 그런 것은 어떻든 상관이 없다. 절에서 하룻밤을 묵는다는
것은 그런저런 지식을 알려는 것은 아니고 부처를 만나려는 것

이다. 그런데 그 부처는 어디에 있는가? 바로 마음 속에 있다고 하지 않는가? 그 마음을 번잡한 도시에서는 만날 수 없으니까, 자기 마음이 안보이고 엉뚱한 것만 보이니까 이 조용한 절에 와서 만나보려는 것이다. 마침 손님들이 많아서 절에서 공양을 다 할 수 없어 바닷가에 내려가서 대충 함께 공양을 하고는 절에 올라와 스님들과 무릎을 맞대고 앉는다. 차를 마시다보니 어두워진다. 한참 고담청론高談淸論을 하다가 툇마루로 나왔다. 앗! 거기에 있었다. 별들이 바로 키 높이에 있었던 것이다.

지붕 바로 위로 북두칠성이 보인다. 거기 국자의 끝을 일곱 번 접어가보니 북극성이 보인다. 남쪽 하늘로는 삼태성이 나란히 있고 그 주위 네 군데에 별이 사각형을 이루고 있다. 바로 오리온 자리인 것이다. 겨울철 밤하늘의 대표적인 별들이 거기 있었다. 그리고 그 북극성과 오리온 자리 사이 하늘 중간에 남북으로 은하수가 흐르고 있었다. 아니 이 별들이 오늘 왜 이렇게 맑지?

"그런데 북극성은 왜 그리 흐릿해요?"

별을 보며 자란 경험이 없는 집 사람이 묻는다. "아. 그거? 왜냐면 북극성은 이등성이에요. 그래서 그렇게 아주 밝지는 않지만 대신 언제나 거기 있어요. 그리고 날이 좀 안 좋아도 북극성은 잘 보이니까…… 일등성 같은 선명한 별은 하늘 한 가운데나 남쪽 하늘에 많이 있어요!” 마치 많이 아는 것처럼 말하지만 사실 그 이상은 나도 모른다. 다만 여름 하늘과 겨울 하늘 남쪽 하늘 별자리가 다른 것을 구분하는 것만 해도 어디인가? 도대체 밤 하늘을 쳐다보지 못하고 자란 도시의 어린이와 확연히 다르고 또 품을 잡을 수 있는 것이 바로 이 하늘과 별 이야기 아니던가?

그런 이야기를 하다가 보니 공기가 차서 영하의 기운이 느껴지면서 바람도 세어 오래 버티기가 힘들다. 그런데 바람이 강한 만큼 요사채 주위에 우거져 있는 대나무가 또 가만히 있지를 않는다. 마치 바람이 좋은 핑계인 것 같다. 작은 잎들로 바람을 막아서 바람이 “쏴~ 쏴~” 울게 만든다. 그리고는 공연히 죽은 가지들을 옆의 살아있는 가지에 부딪쳐서 딱딱 예전의 겨울 야경夜警의 순찰소리 비슷한 것을 낸다. “봐라! 이곳이 바로 마음을 만나는 곳이야” 라고 자연自然이 우리에게 말해주려는 것 같다.

“나라는 존재를 찾아 거슬러 올라가보면서 나의 실체에 대해 탐구해 보는 것이 좋습니다. 이 몸이 생기기 전에 나의 존재는 아버님과 어머님의 몸의 일부였다면 그 근원을 또 거슬러 올라가면 무엇일까? 그렇다면 나는 무엇일까? 이런 식으로 자꾸 생각을 깊게 하는 것이지요. 그렇게 되면 이 세상과 존재의 문제에 대해 보다 깊이 이해할 수 있을 것입니다." 종수 스님은 찻잔을 기울이는 우리에게 이런 화두를 던졌다. 그런데 나는 더 이상 깊이 생각하며 들어갈 수가 없었다. 아까 저녁 공양때 억지로 요청해서 먹은 소주 기운이 동한 것이다. 대충 눈을 껌뻑거리어 스님을 쫓아낸 뒤에 자리에 누웠다.

그렇지만 세 시간을 넘기지 못했다. 새벽 2시 반 잠이 깬 것이다. 공기가 맑아서일 것이다. 술은 어느 새 다 날아가 버리고 머리는 뭔가 텅 빈 것 같다. 문을 열고 찬 밤공기로 몸을 내밀었다. 여전히 공기는 차고 바람은 강했다. 별은 초저녁의 그 맑고 가까운 위치에서 하늘 저 높이로 올라가서 흐릿하게 보인다. 왜 그럴까? 하고 보니 바로 밝은 달이 대나무 숲 사이에서 빛나고 있었다. 시원한 바람 속에 보이는 달빛은 광풍제월光風霽月 바로 그것이었다. 비 개인 밤 하늘의 맑은 달, 그것은 곧 물욕을 벗어난 명경지심이요, 개인의 욕심을 떠난 광명정대한 양심의 세계다. 우리 선비들이 늦 도달하려 했던 그 경지이다.

달빛에 취해있다가 정신을 차려 별빛을 찾으니 별빛이 흐릿하고 잘 보이지 않는다. 달빛에 취해 자기들을 돌아보지도 않은 나의 무신경과 몰염치에 화가 난 것일까? 아니면 너무 환한 달빛에 별들이 부끄러워 저 멀리 달아난 것일까?

그런데 놀랍게도 달 앞을 가리고 있던 대나무 잎들이 바람에 휘날리면서 맑은 달빛이 마치 분광스펙트럼을 거쳐 나온 듯 무수한 색으로 부서져 반짝거린다. 흔히 은색으로 표현되는 달빛, 그러기에 색이 없는 것으로 생각해왔는데 아니었다. 햇빛이 일곱 가지 색이 합쳐져 되었듯이 달빛도 오색, 내지는 칠색, 아니 구색 등 많은 색의 빛들이 모여서 이뤄진 것임을 내 눈에 보여주고 있다. 달이 그 비밀을 나에게만 전해주는 것 같다.

새벽 4시에 작은 종소리와 함께 정식으로 일어난다. 간단히 얼

굴에 얼른 물을 찍어바르고 대웅전으로 들어간다. 스님들은

하면서 예불문을 다 외시는데, 나는 우물우물. 반야심경도 따라 하다가 우물우물…… 그런데 종소리가 너무 좋다. 맥놀림이 한 일 분은 지속되는 듯, 아홉 번의 파도가 밀려온다. 그러기를 서른 세 번, 33천에 울려 퍼졌을 이 소리가 큰 파도가 되어 가슴의 티끌을 쓸어간다. 함께 한 다른 사람은 범고 소리가 좋다고 한다. 그래 서로 느끼고 받아들이기 나름이지. 이 마음이라는 것이 똑같지 않은 바에야 서로 좋아하고 친한 것이 다를 수밖에. 아무려나 이런 고요한 시간에 오로지 자신의 마음을 열어보고 무엇이 있는지를 알게 해주는 사물四物의 소리만이 있을 뿐이다. 이 때에는 내 마음도 없는 것 같다.

정신을 차리고 보니 이 절에 템플 스테이(Temple stay)를 알리는 플래카드가 붙어있다. 사람들이 많이 오는 모양이다. 나중에 들어보니 지난 1년 동안 경상북도 내 9개 사찰의 '템플스테이'에 참가한 사람은 모두 만 7천여 명으로 그 전 해보다 30%가 늘었는데, 이곳 장육사는 아토피 치료에 효험이 있다는 소문도 있

고 해서 경주의 골굴사, 문경의 대승사, 김천의 직지사 다음으로
많은 사람들이 찾아왔다는 것이다. 템플스테이의 명소인데 우리
가 모르고 있었다. 그럴 것이다. 이곳이 이처럼 공기가 맑으니
별도 잘 보이고, 공기가 맑은 만큼 아토피 치료에도 효험이 많을
것이다. 그 공기가 맑은 증거로는 저 멀리 태백산맥 산등성이를
타고 서 있는 풍력발전소들이다. 바람이 강한 만큼 그 길목을 따
라 풍력발전소가 서 있을 것인즉, 그만큼 이 곳에 바람이 많아
공기가 깨끗하다고 봐야 한다.

아침 공양시간에 주지인 효상스님을 만나서 별빛이 너무 아
름다웠다고 고마워했다. 그리고 기왕에 템플스테이를 하려면
'나옹왕사를 찾아 떠나는 템플 스테이' 보다는 이 별빛을 파는
것이 어떠냐고 제의를 했다. 즉 영어로 한다면 'Kiss the stars
Temple-stay' 이고 우리말로 한다면 '별과 입 맞추는 절 체험'
이라고 선전하라는 것이다.

사실 전국의 어느 절간이고 간에 맑은 물과 깨끗한 공기, 조용
한 분위기가 아닌 곳이 있겠냐만은, 이날 밤 본 것 같은 맑고 깨
끗한 별, 은하수는 서울 부산 등 대도시 근처에서는 찾기 어렵
다. 예전 중국의 구화산에 가서 김교각 지장보살을 만날 때에 봤

던 그 별, 내몽고의 초원에서 보았던 그 별 이후 처음으로 제대로 보는 별이다. 이 별은 곧 어릴 때 초가지붕 위로 보던 그 별이었다. 그 별은 여전히 있는데, 나는 이렇게 변해 있었다. 그 별을 같이 보던 어른들도 이제는 대부분 저 별 속으로 가셨다.

그 별을 볼 수 있다는 것이 여행의 가장 매력 중의 하나일 것이다. 요즈음 어디에서건 별을 보기 쉽지 않은 시대, 전국의 어느 산골짜기의 펜션도 좋고 아니면 나처럼 좋은 인연으로 절에 머물 수 있으면 더욱 좋다. 길을 떠나서 밤하늘을 바라볼 수 있다는 것, 그것이야말로 요즈음 얻기 어려운 여행의 축복이리라.

바람이 그렇게 세게 불어도
조금만 멀리 떨어져서 보면 마치
바람이 불지 않는 것으로 보이듯.

세월의 가고 옴을 그렇게 유장하게 보고
천지자연의 변화를 그렇게 큰 눈으로 보고
우리의 삶도 그런 눈으로……

길게 천천히 살아가는 것이리라

바람

만물의 변화는 만 개의 구멍에서 나오는 바람 소리라고 한다. 장자의 말이다. 《장자莊子》 제물론齊物論에 보면

"저 대지가 숨을 내뿜는 것, 그것을 바람이라고 이름한다. 이것이 오직 불지 않으면 그만이지만, 한번 불어왔다 하면 일만 개의 구멍이 성내어 부르짖기 시작한다."

라며 바람을 만물의 변화의 단초로 보고 있다. 그러므로 각종 다양한 바람 소리는 바람이 스쳐 지나가는 구멍의 다양한 형태에서 비롯되는 것이지 원래 바람 자체가 틀려서 그런 것은 아니다. 다시 말하면

"하늘의 피리 소리라고 하는 것은 바람이 불어올 때 다양하게 반

응하며 소리를 내는 바로 그것이다. 그런데 이것은 자기가 원인이 되어 스스로 자초하는 것들이니, 어떤 존재가 따로 있어 그렇게 하도록 발동시키는 것이겠는가.”

리고 해서 사람들의 마음이 곧 세상의 풍파의 근원임을 강조한다. 특히 바람이 지나간 다음 뭇 구멍이 다시 텅 비는 현상을 눈여겨 보면 그 때에 나뭇가지와 잎사귀가 간들거리는 모습을 볼 수 있다고 한다. 중국 사람들은 이런 현상을 조조調調와 조조ㅋㅋ라고 표현한다. 조조調調는 나뭇가지가 크게 흔들리는 모습이고, 조조ㅋㅋ는 나뭇잎이 한들거리는 모습이다.

　“맹렬한 바람이 일단 지나가고 나면 뭇 구멍이 다시 텅 비게 되는데, 그대는 그때에 나뭇가지와 잎사귀가 아직도 간들거리는 모습을 유독 보지 못하였느냐. [厲風濟則衆竅爲虛 而獨不見之調調之刁刁乎]”
【장자「莊子」, '제물론(齊物論)'】

　조선시대 선비들은 장자에 나오는 이 ‘조조調調’와 ‘조조刁刁’라는 표현을 유독 좋아했던 것 같다. 다산 정약용 같은 이는 여름의 매미소리를 듣고는 나뭇잎의 흔들림을 표현하는 이 조조란 단어를 골라써가며 인간의 삶을 생각한다.

요동하는 매미 소리 그대 듣도록 맡겨 두지만 / ㅋㅋ調調許君聽
뱉고 마심이 모두 나만의 법칙이 있는지라 / 吐吹由吾有典刑
만인에게 말해 보아도 알 자가 없나니 / 說與萬人無解者
입 다물고 조용히 남은 생을 보냄만 못하리라 / 不如緘口度殘齡

【정약용 '매미에 대하여' 송파수작(松坡酬酢)중에서】

    조선시대 선비들은 이러한 자연의 상태를 보면서 자기 마음의 혼란을 추스렸다. 택당 이식 같은 이는

텅 빈 하늘 원래가 소리 없는데 / 太虛寥廓本無聲
제일 먼저 어디에서 숨이 뿜어 나오는가 / 噫氣先從底處生
뭇 구멍의 조조調調 조조ㅋㅋ 모두 자기 탓이요 / 衆竅調ㅋ皆自己
밀어 뺏는 사계절 평정平靜을 얻지 못함이라 / 四時推奪不能平

맑은 상성商聲 싸고도는 숙살肅殺의 이 가을에 / 淸商況復當秋殺
밤이면 더욱 부대끼며 울어 대는 고엽枯葉 소리 / 危葉偏多入夜鳴
호장豪壯한 마음 지니고서 사물의 변화를 볼 것이니 / 須把壯心觀物化
초목이 요락한다 하여 마음 상하지 말지어다 / 莫因搖落更傷情

【택당 이식 '추성(秋聲)'】

사진 _ 이동훈

라고 하여 자기 마음을 바로 세우고 세상 풍파에 휩쓸리지 않
는 올곧은 마음을 유지할 것을 다짐한다.

그렇지만 그런 다짐에도 불구하고 계절이 바뀌고 날씨가 추워
지면 사람들의 마음은 바빠지고 초조해지고 불안해진다.

【택당 이식 '섣달 그믐날 밤에 혼자 앉아서'】

그런데 초조함은 역시 마음이 평정을 잃었기에 그런 것이다.
사물이 평정함을 잃을 때에 소리가 나듯, 마음의 평정이 없어지
면 초조하고 불안해진다. 그래서 잠을 못 이루고 깊은 밤, 혹은
이른 새벽에 온갖 상념을 다 해보게 되는 것이다.

이럴 때 이런 어려움을 극복하는 방법은 무엇일까? 그것은 변
하지 않는 자연의 큰 흐름을 보는 것이리라. 바람이 그렇게 세게
불어도 조금만 멀리 떨어져서 보면 마치 바람이 불지 않는 것으
로 보이듯, 세월의 가고 옴을 그렇게 유장하게 보고, 천지자연의

변화를 그렇게 큰 눈으로 보고 우리의 삶도 그런 눈으로 길게 천천히 살아가는 것이리라. 그것은 장자 제물론에 나오는 그대로 일찌기 도에 마음을 두어 인간사를 잊은 남곽자기의 경지를 일컬음이다.

"남곽자기南郭子基가 안석에 기대 앉아 우두커니 하늘을 쳐다보며 아무런 생각없이 제 몸도 잊은 듯했다."
【장자「莊子」 '제물론(齊物論)'】

그것은 삶의 포기인 것처럼 보일지 모르겠지만 오히려 삶의 긍정이자, 유유한 자연 속에서 인간의 삶의 본질을 깨닫는 것이다. 마치 이런 시인의 말처럼 말이다;

원래 혼자 걷던 길
다시
혼자 걷는다 하여
하등 이상한 일 아니지

강江이 여기 흐르고 있다고
누구 따지지 않아도

강은 여전히 흐르고

처음 보았던 모양

강은 그대로 있다 하여

누가 강은 흐르지 않는다

말할 수 있겠어

그저 강은

자연의 모양대로 흐르고

무위 인생

세월의 모양대로 사는 거야

어떤 날

연분이란 것을 들고 온 인연이

참 인연 아님을 알았다고

원래 가던 길 아니 가고

버릴 수 없는 거잖아

【강태민 '혼자 걷던 길'】

  그런 인생의 지혜를 깨닫는 것, 그 깨달음은 때로는 혼자 있을 때에 가능해진다. 그러기에 사람들은 때때로 혼자 있고 싶어

하고 그것을 위해서 길을 떠난다. 날이 쌀쌀해질수록 더욱 머리
가 맑아지고 영혼이 깨어난다고 하지 않던가? 이런 깨달음을 위
해서 또 어디론가 길을 떠나는 것이다.

피는 꽃이 지는 꽃을 만나듯
9월은 그렇게 삶과 죽음이 지나치는 달
코스모스 꽃잎에서는 항상

하늘 냄새가 난다

어제 아침이 바로 그랬다. 가을 하늘보다도 더 높은 하늘. 구름은 어디 갔는가? 하늘의 끝은 어디이고 바다의 끝은 어디인가? 그 망망한 경지를 보노라면 눈을 뜨기 힘든 것인가? 김동규가 부른 그 노래의 첫머리 그대로이다.

눈을 뜨기 힘든
가을 보다 높은 저 하늘이 기분 좋아
휴일 아침이면 나를 깨운 전화
오늘은 어디서 무얼 할까

노르웨이 출신의 뮤지션 secret garden이 바이올린 곡으로 연주한 것을 번안했지만 요즈음에는 마치 아주 오래된 우리 가곡처럼 느껴지는 '10월의 어느 멋진 날에' 는 원곡의 제목이

'serenade to spring', 곧 봄에 바치는 세레나데이다. 이것을 10월이라는 달에 갖다 붙인 것인 만큼, 최근 몇 년간 계절이 빨라진 다음에는 꼭 10월에만 들어야 할 이유가 없다고 한다면, '9월의 어느 멋진 날에' 라고 가사를 살짝 바꾸어서 그리 죄가 될 성 싶지 않다. 그것은 왜냐하면 하늘이 걷히고 가장 눈에 좋다는 파랑(blue)이 온 시야를 가득 채우는 이런 때에는

창 밖에 앉은 바람 한 점에도 사랑은 가득한 걸
널 만난 세상 더는 소원 없어
바램은 죄가 될 테니까

라고 한 것처럼 사랑이 가득 차는 그런 계절이기 때문이리라. 그런 날은 누구보다도 어디론가 떠나고 싶은 유혹을 강하게 받는다.

먼저 강가에 나가보면 어떨까? 시인 안도현은 우리더러 9월이 되면 강가에 나가서 자연이 우리에게 주는 가르침을 가슴을 열고 받아들여야 한다고 말한다;

그대 구월이 오면
구월의 강가에 나가

강물이 여물어 가는 소리를 듣는지요

뒤 따르는 강물이 앞서가는 강물에게

가만히 등을 토닥이며 밀어주면

앞서가는 강물이 알았다는 듯

한 번 더 몸을 뒤척이며

물결로 출렁 걸음을 옮기는 것을

그 때 강둑 위로

지아비가 끌고 지어미가 미는 손수레가 머무는

인간의 마음을 향해 가는 노을

그대

구월의 강가에서 생각하는지요

강물이 저희끼리만 속삭이며

바다로 가는 것이 아니라

젖은 손이 닿는 곳마다

골고루 숨결을 나누어 주는 것은

그리하여

들꽃들이 피어나 가을이 아름다워지고

우리 사랑도 강물처럼 익어가는 것을

【안도현 '9월이 오면'】

　9월의 강가에 가면 강물의 흐름으로 해서 사람들도 서로 의지
하고 도와주며 인생을 살아가도록 우리에게 가르쳐주고 있다.

　9월은 또 코스모스가 피는 철이다. 코스모스라는 것은, 삶과
죽음이 교차하는 때를 알리는, 우주의 시간을 알리는, 그런 꽃이

아니던가? 그 코스모스는 우리에게 삶의 집착을 버리라고 말해
준다.

코스모스는
왜 들길에서만 피는 것일까

아스팔트가
인간으로 가는 길이라면
들길은 하늘로 가는 길
코스모스 들길에서는 문득
죽은 누이를 만날 것만 같다
피는 꽃이 지는 꽃을 만나듯
9월은 그렇게
삶과 죽음이 지나치는 달
코스모스 꽃잎에서는 항상
하늘 냄새가 난다
【오세영 '9월'】

그러기에 9월은 사랑으로 가득 차는 계절이고 또 그렇게 사랑
으로 채워야 할 계절이다. 우리는 서로에게 힘이 되어주어야 할

사진 _ 이동훈

때이다. 우리나라가 힘들고 삶의 무게가 무거운 10월보다 더 푸른 9월의 하늘에 우리들의 슬픔과 고통을 실어보내고 우리들은 넘어지고 싶은 서로를 일으켜세우는 그 무엇이 되어야 한다;

When I am down and, oh my soul, so weary
내 영혼이 지치고 힘들 때
When troubles come and my heart burdened be
괴로움이 밀려와 내 마음을 힘들게 할 때
Then, I am still and wait here in the silence,
나는 여기서 조용히 당신을 기다립니다
Until you come and sit awhile with me
당신이 내 옆에 앉을 때까지

You raise me up, so I can stand on mountains
나를 일으켜 세워 밀려오는 산을 견디게 하고
You raise me up, to walk on stormy seas
폭풍우치는 바다도 건너갈 수 있습니다
I am strong, when I am on your shoulders
당신 옆에서라면 나는 강해집니다.
You raise me up, to more than I can be

9월, 가을 우리들은 집에서 나가자. 사무실에서 나가자. 강가로 가서 흐르는 강물을 보며 우리들의 이기심과 집착을 버리는 공부를 하자. 코스모스를 보며 죽음과 삶의 경계를 넘나드는 깨달음을 얻자.

가을, 우리는 이제 서로에게 '당신'이 될 수는 없을까? 가장 많은 분들이 믿고 의지하는 불교와 기독교는 서로가 서로에게 도움이 되는 '당신'이 될 수 없을까? 지난 여름 뒤엉기고 부딪쳐서 큰 바람과 비를 뿌리던 구름들이 물러간 이 때에 우리 회사의 식구들은 이제 서로에게 힘이 되는 '당신'이 될 수 없을까? 그리해서 우리는 하늘과 대기의 이런 푸르름을 다시 받은 것을 감사하고 그 푸르름으로 우리들의 마음을 씻고 투명한 마음으로 내 옆의 마음을 이어, 서로가 있음으로서 우리에게 더 큰 미래가 있고 더 큰 우리가 될 수 있는, 그런 '당신'이 될 수 없을까?

가을, 우리 이 세상을 시크릿 가든으로 만들고 그 속에서 서로를 의지할 수 있는 당신이 되어보자!

Return;

돌아오기

봄에서 여름까지의 활발한 움직임을 동動이라고 할 수 있다면 가을에
그 뿌리로 돌아가면 겨울 내내 조용하니까 그런 상태를 정靜이라고 할
수 있을 겁니다. 돌아온다는 것은 우주 원리이자 주역의 기본개념인
순환이 반복된다는 것입니다. 되돌아 온다는 것은 막히지 않고 통하는
것을 의미하기도 합니다.

16	17	18	19
돌고 도는 길	복귀	좌유	아쉬움

우리들의 삶은 하나이다.
걸어갈 수 있는 길도 하나이다.
가지 않는 길, 걸어보지 못한 길은 천 갈래, 만 갈래일 수 있다.

남들이 가지 않은 길...
그 길을 걸어보는 거다

가지 않은 길

어딘가 떠나려면 결국은 길을 택해서 밟고 가야 한다. 그것도 기왕이면 남들이 가지 않은 길이 더 좋다.

남들이 가지 않은 길, 그 길을 걸어보는 거다. 우리가 택한 첫 번째의 길은, 그래서 로버트 프로스트의 유명한 시, '가지 않은 길' 이다.

그 길은 우리에게 꿈을 주었고 미래에 대한 희망을 주었다. 그 시를 책에서 읽고 배울 때가 고등학생일 때였으니까 말이다. 그 시에는 자연이 있고 인생이 있고 그 인생을 사는 철학이 들어있었다. 그러기에 그 시는 우리에게 감동을 주었다.

Two roads diverged in a yellow wood,

And sorry I could not travel both

And be one traveler, long I stood

우리가 잘 아는 미국의 시인 로버트 프로스트(1876~1963)의 대표작 '가지 않은 길(The Road Not Taken)'의 첫 연聯은 이렇게 시작한다. 우리의 고등학교 교과서에 이 시가 실려 있었으니까 아마도 우리 국민들은 모두 이 시를 읽었거나 배웠을 것이다.

그런데 우리는 그 시를 제대로 이해하고 있는 것일까? 그 시가 말하는 진리는 무엇일까? 그 시를 쓴 시인의 마음은 정말로 무엇이었을까? 그것을 이해하는 방법은 번역에 의한 것인데, 그 번역이 번역자에 따라서 다르다는 것을 생각해 보면, 우리가 그 시를 제대로 이해하고 있는지에 의심이 간다.

우리는 이 시를 원문 그대로 배운 것이 아니라 고명한 영문학자이신 피천득 선생의 번역으로 읽었다. 그것은 이것이다;

노란 숲 속에 길이 두 갈래로 났었습니다
나는 두 길을 다 가지 못하는 것을 안타깝게 생각하면서
오랫동안 서서 한 길이 굽어 꺾여 내려간 데까지
바라다볼 수 있는 데까지 멀리 바라다 보았습니다

이 구절을 보면서 이상한 것이 느껴지지 않는가? 그렇다 바로 첫 문장에 "길이 두갈래로 났었습니다" 라고 과거형으로 되어 있는 것이다. 이러한 과거형 표현은 현대의 우리에게는 생소하고 뭔가 어색하다. 번역을 하신 피천득 선생도 그것을 모를 까닭이 없다. 그런데 왜 과거형인가?

이 부분이 다른 사람에 의해서는 어떻게 번역되었을까? 가장 많이 인용되는 것으로 시인 정현종의 번역이 있다. 정현종 선생은 이 시의 제목도 '가지 않은 길'이 아니라 '걸어보지 못한 길'이라고 다소 다르게 붙여놓는다.

단풍 든 숲 속에 두 갈래 길이 있더군요.
몸이 하나니 두 길을 다 가 볼 수는 없어
나는 서운한 마음으로 한참 서서
잣나무 숲 속으로 접어든 한쪽 길을
끝간 데까지 바라보았습니다.

이 두 번역의 차이는 우선 번역문의 길이가 앞에서는 4줄이요, 밑의 것은 5줄이라는 것이다. 원문은 5줄, 그런데 피천득 선생은 왜 4줄로 했을까? 그리고 왜 첫 문장을 과거형으로 했을까? 그 의문을 제기해놓고 우선 내용부터 비교해 보자.

피 선생님의 번역은 경어체를 길게 써서 한층 예스럽고 경건한 분위기, 과거에 대한 진지한 회상의 느낌이 강하게 풍긴다. 이에 비하면 정현종 선생의 번역은 좀 가벼운 마음으로 회고하는 듯한 그런 느낌이다. 피선생님의 번역은 김소월의 시 '진달래'의 첫 구절 같고 정 선생의 번역은 영상을 보면서 내래이션을 듣는 그런 느낌이다. 거기에는 원문에도 없는 말이 들어가 있다. 그런데 뜻을 이해하는 측면에서 본다면 정현종의 번역이 더 즉각적卽覺的이다.

다음 연을 보자.

Then took the other, as just as fair

And having perhaps the better claim,

Because it was grassy and wanted wear;

Though as for that, the passing there

Had worn them really about the same,

| 피천득 |
그리고, 똑같이 아름다운 다른 길을 택했습니다

그 길에는 풀이 더 있고 사람이 걸은 자취가 적어

아마 더 걸어야 될 길이라고 나는 생각했었던 게지요
그 길을 걸으므로, 그 길도 거의 같아질 것이지만

| 정현종 |

그러다가 또 하나의 길을 택했습니다. 먼저 길과 똑같이 아름답고,
아마 더 나은 듯도 했지요.
풀이 더 무성하고 사람을 부르는 듯했으니까요.
사람이 밟은 흔적은
먼저 길과 비슷하기는 했지만,

피천득의 번역은 이 연 첫 머리의 단어 then을 '그리고' 라고
해석했고, 정현종은 '그러다가' 라고 해석했다. '그리고' 와 '그러
다가' 는 분명 뜻이 약간 다르다. 그리고 'then' 이란 단어의 원
뜻을 감안하면 '그러다가' 라는 단어 선택이 약간 더 좋아보인
다. 그러나, 그렇게 단정 지울 수만은 없는 것이, 피천득의 경우
아무래도 한 세대 윗 분이기에 접속부사의 뜻과 느낌을 다르게
생각할 수도 있다.

여기서 보이는 것은 피천득은 또 4줄이요, 정현종은 5줄이라
는 것이다. 그렇게 보면 피천득은 의도적으로 4행으로 번역한 것

으로 봐야한다. 그리고 첫 문장의 번역에 과거형이 들어간 것도, 영문학자이기에 영국 시에 있어서의 미운尾韻을 의식하고 이의 느낌을 의도적으로 살리려 했음을 알 수 있다. 결국 이 시의 첫머리 번역의 과거형은 영시처럼 운율을 맞추기 위해 굳이 과거형 어조사 '었'을 삽입한 것으로 봐야 한다. 그것은 영시의 운율에 자주 익숙해진 영문학자들이 좋아하는 스타일이다.

그런데 번역 자체만으로 보면 피천득의
'아마 더 걸어야 될 길이라고 나는 생각했었던 게지요.
그 길을 걸으므로, 그 길도 거의 같아질 것이지만'

라는 번역은 그 명확한 뜻이 잘 들어오지 않는다. 더구나 그 길이 걸어서 같아질 것이라는 미래형이다.

반면에 정현종의
'사람이 밟은 흔적은
먼저 길과 비슷하기는 했지만'

이라는 번역은 과거형이자 현재완료형이며 이쪽이 훨씬 편하고 쉽다. 이처럼 비슷할 것 같은 번역이지만 그 맛과 느낌, 때로는 의미까지도 사뭇 다를 수 있다. 제3련을 보자.

먼저 원문.

And both that morning equally lay
In leaves no step had trodden black
Oh, I kept the first for another day!
Yet knowing how way leads on to way,
I doubted if I should ever come back.

이번에는 원문은 5줄인데 피천득은 5줄, 정현종은 4줄로 번역을 했다.

| 피천득 |

그 날 아침 두 길에는
낙엽을 밟은 자취는 없었습니다
아, 나는 다음 날을 위하여 한 길은 남겨 두었습니다
길은 길에 연하여 끝없으므로
내가 다시 돌아올 것을 의심하면서……

여기에서 후반 마지막 두 구절을 잘 보자. 두 사람이 사용한
단어나 뜻이 차이가 남을 알 수 있다.

이 부분은 '길은 앞으로 앞으로 계속 이어져 있으므로, 비록 내가 길 하나를 미래를 위해 남겨놓았다고 하더라도 다시 와서 밟을 가능성은 없을 것임을 내가 알고 있다'는 뜻일텐데, 그 원문의 뜻에 더 가까운 것은 피천득 쪽이라 할 것이다.

이처럼 같은 외국어를 놓고 번역하는 것이 영 다르고 맛도 각각이다. 다만 위에 번역을 해 주신 두 분 모두 우리 문학계의 큰 어른이었거나 현재도 어른이기에 누가 더 잘했다 못했다를 굳이 분별할 필요는 없을 것이다. 그것은 저녁 노을을 보며 붉은 색이 더 많은가, 회색빛이 더 많은가를 각각 느끼는 그 차이라고 할

「새벽 산행」, 사진 _ 국립공원관리공단 | 유태영

수 있을 것이다. 어떤 이는 우리말 번역에서도 운율을 중시하고 어떤 이는 간결한 의미를 중시하고, 어떤 이는 언어를 예스럽게 쓰고 싶어 하고 어떤 이는 현대적인 느낌으로 표현하고 싶어 한다. 그런 차이들이 번역에도 존재하는 것이다.

우리들 각자의 삶이라는 것도 그런 차이라고 정의할 수 있을까? 본질적으로는 밥 먹고 일하고 놀고 잠자고 배설하고 하는 기본적인 동작등의 연속에 지나지 않지만 그런 똑같은 생활의 연속가운데서도 차이가 존재한다. 그 차이는 아주 작은 것일 수도 있고 큰 것일 수도 있고 색깔의 차이일 수도 있고 맛의 차이일 수도 있다. 도덕적으로 어느 것이 좋고 나쁘다를 평할 정도의 차이일 수도 있지만 크게 보면 결국은 인간이란 존재로서의 운명적인 길을 가는 것뿐이다.

그런 생각을 하면서 마지막 연을 읽어본다.

I shall be telling this with a sigh

Somewhere ages and ages hence:

two roads diverged in a wood, and I

I took the one less traveled by,

And that has made all the difference.

이 부분에 대해 피천득은

훗날에 훗날에 나는 어디선가
한숨을 쉬며 이야기할 것입니다
숲 속에 두 갈래 길이 있었다고
나는 사람이 적게 간 길을 택했다고.
그리고 그것 때문에 모든 것이 달라졌다고.

라고 번역을 했고, 정현종은

오랜 세월이 흐른 다음
나는 한숨지으며 이야기하겠지요.
"두 갈래 길이 숲 속으로 나 있었다, 그래서 나는
사람이 덜 밟은 길을 택했고,
그것이 내 운명을 바꾸어 놓았다"라고.

라고 했다. 이 시의 결론부분이라고 해야 할 것인데, 인생에
서 나는 남들이 잘 걷지 않은 이 길을 택해서 걸어왔고 그 선택
으로 해서 자신의 생이 이 방향으로 한정되어 졌다는 뜻인데,
'that has made all the difference.'를 놓고 피천득은 '그것

때문에 모든 것이 달라졌다'라고 원문의 느낌을 살려 번역했고 정현종은 보다 구체적으로 '그것이 내 운명을 바꾸어 놓았다'라고 운명적인 느낌을 더 구체적으로 표현했다.

고등학교 때 이 시를 배우면서 가장 좋아했던 것이 바로 이 부분이란 생각이 되살아난다.

"그래 우리도 남들이 가지 않은 길로 가보자. 그리고 나서 나중에 나이가 들어 자신의 생을 되돌아보면서 당당하게 나는 이렇게 살아왔노라고 말할 수 있도록 해보자……" 이런 생각들을 했을 것이다.

우리들의 삶은 하나이다. 걸어갈 수 있는 길도 하나이다. 가지 않은 길, 걸어보지 못한 길은 천 갈래, 만 갈래일 수 있다. 그런데도 선택은 하나이고 그 선택의 결과에 대한 아쉬움이 남는다. 그러기에 우리들은 몸으로 선택하는 것을 넘어서서 정신과 마음으로 여러 길을 가 보고 싶은 것이다.

「소백산 길」, 사진 _ 국립공원관리공단 | 유태영

이쪽 길이 나았을까?
저쪽 길이 더 의미 있지 않았을까?
우리는 어떤길을 걸어가야 하나?
자! 또 떠나보는 거다

나의 길 (My Way)

사진 _ 국립공원관리공단

My Way

한국 사람들은 프랭크 시내트라(Frank Sinatra, 1915~1998)가 1970년에 부른 'My Way'라는 노래를 좋아한다. 모임에서 술이 한잔 들어가면 노래방으로 자리를 옮기는 경우가 많은데 이 때 40대 이상의 남자들이 즐겨 부르는 노래가 이 노래이다.

이 노래가 왜 한국의 중년 남성들에게 인기가 있을까? 그것은 앞에서 로버트 프로스트가 얘기하던 것과 똑같은 진리를 얘기하고 있기 때문일 것이다. 이 노래는 가수인 폴 앵커(Paul Anka)가 1967년에 프랑스의 노래를 듣고 그것을 살짝 바꾸고 가사도 자기가 쓴 것으로서 사실상 폴 앵커의 노래라고 해야 하겠지만 프랭크 시내트라의 약간 맛이 간 목소리와 이울어져 지나간 세기 최대의 히트곡중 하나가 되었고 특히 로버트 프로스트의 시를 좋아하는 우리나라 남자들에게는 자신의 생의 목표를 되짚어보는 비장한 노래로서 여전히 인기가 있다.

그런 노래인 만큼 이제 우리가 맑은 정신에 그 가사를 한번
들여다 볼 필요가 있다.

And now, the end is near;

And so I face the final curtain.

My friend, Ill say it clear,

I'll state my case, of which I'm certain.

I've lived a life thats full.

I've traveled each and ev'ry highway;

And more, much more than this,

I did it my way.

Regrets, I've had a few;

But then again, too few to mention.

I did what I had to do

And saw it through without exemption.

I planned each charted course;

Each careful step along the byway,

But more, much more than this,

I did it my way.

Yes, there were times, I'm sure you knew

When I bit off more than I could chew.

But through it all, when there was doubt,

I ate it up and spit it out.

I faced it all and I stood tall;

And did it my way.

Ive loved, Ive laughed and cried.

Ive had my fill; my share of losing.

And now, as tears subside,

I find it all so amusing.

To think I did all that;

And may I say—not in a shy way,

No, oh no not me,

I did it my way……

이 노래의 장점은 영어가 쉽다는 것이다. 대충 뜻이 다 들어온다. 어느 시이건 어느 노래건 가장 의미 있는 내용은 맨 마지막에 온다는 것을 감안하면 이 노래도 마지막 연이 중요한데,

For what is a man, what has he got?
If not himself, then he has naught.
To say the things he truly feels;
And not the words of one who kneels.
The record shows I took the blows
And did it my way!

사람이란 게 무엇인가? 그가 무엇을 갖고 있는가? 그 자신이 아니면 아무 것도 아닐세. 그가 진정으로 느끼는 것을 말할 뿐, 무릎 꿇은 자의 말은 필요가 없네. 내가 멋진 한 방을 먹였단 기록이 있지 않은가? 그렇게 나는 살아왔네…… 뭐 이런 식으로 말하고 있는 것이다.

바로 그 차이가 로버트 프로스트라는 시인의 고백과 폴 앵커(어쨌든 작사를 한 사람이므로)라는 가수의 고백이 다른 것이다. 인생을 권투선수의 '한 방'처럼 생각하며 죽음에 이르러서도 자신이 멋진 '한 방'들을 주고받으며 잘 살았다고 느끼는 어느 대중

연예인의 목소리는 보다 구체적이고 현실적이다. 낙엽이 쌓인 두 갈래 오솔길에서 어느 쪽 길을 택했을까 "이쪽 길이 나았을까? 저쪽 길이 더 의미 있지 않았을까?" 하고 고민하는 모습은 보다 포괄적이고 은유적이고 많은 뜻과 생각을 담고 있는 것 같다. 그 어느 것이 더 좋으냐를 결정하고 선택하는 것도 개인의 취향이고 그것이 각 개개인의 "My Way"일 것이다.

프랭크 시나트라의 길은 그런 길이었다면 우리가 간, 온 길은 어떤 길이었나? 그리고 더 중요한 것은, 그 10년 동안 나는 어떤 "My Way"를 걸어왔나? 이것을 나에게 묻고 싶다. 오늘 이 순간에는 그리고 당연히 가장 중요한 질문;

우리는 어떤 길을 걸어가야 하나?

그런 고민에서 완전한 답을 얻으려면 끝이 없다. 우리에게 맡겨진 시간은 많지 않다. 어떤 길을 갈 것인가는 길을 가면서 해도 늦지 않다. 그냥 가보는 거다. 그냥 걸어보는 거다. 우리의 길은 우리가 걸어가면서 택하고 찾는 거다. 어차피 사람의 삶이란 것은, 정해진 것처럼 보이지만, 꼭 그대로는 아니니까 말이다.

자! 또 떠나보는 거다.

「북한산 솔길」, 사진 _ 국립공원관리공단

그렇게 갔다가 돌아오는 것…
얼마나 좋아?

그래 난 자작나무를 오르듯 살아가고 싶은거야
눈 덮인 줄기의 검은 가지들을 타고 올라
하늘까지 올라 갔다가 나무가 견디지 못하게 되면
가지 끝이 숙여져 땅에 다시 내려오듯이 말이야

사진 _ 이정수

자작나무

우리가 가는 길은 보통은 지나간 다음에는 돌아올 수가 없습니다. 장소만의 문제가 아니라 시간의 문제가 거기에 개입되기 때문입니다. 그러기에 우리들의 아쉬움과 원망도 바로 그런 길의 되돌아올 수 없다는 속성에 기인합니다. 그것이 모든 시인들의 절규이기도 합니다. 우리들이 흔히 마지막 구절 '이 세상은 사랑하기에 좋은 곳입니다 / 더 좋은 세상이 있을 것 같지 않습니다.'를 자주 인용하는 로버트 프로스트의 유명한 시 'Birches(자작나무)'도 그런 사례 중의 하나라 하겠습니다.

그런데 외국어로 쓰여진 시를 이해하기 위해서는 그 외국어를 정말 잘해야 하며, 그런 실력이 되지 못하는 사람들은 번역에 의존할 수밖에 없는 것은 동서양 어디나 마찬가지일 것입니다.

그런데 번역에 의지해 시를 이해하려고 해도 잘 안되는 경우도 많은 것 같습니다. 제대로 번역하기가 쉽지 않은 까닭입니다. 우리가 함께 걸으며 읽으려는 시 'Birches(자작나무)'에서도 그런 문제를 발견할 수 있습니다.

'Birches(자작나무)'의 첫머리는 이렇게 시작합니다.

When I see birches bend to left and right
Across the lines of straighter darker trees,
I like to think some boy's been swinging them.
But swinging doesn't bend them down to stay.
Ice-storms do that.

이 첫 도입부는 흔히 이렇게 번역이 되어 있습니다.

꼿꼿하고 검푸른 나무줄기 사이로
자작나무가 좌우로 휘어져 있는 걸 보면
나는 어떤 아이가 그걸 흔들고 있었다고 생각하고 싶어진다.

언뜻 무슨 말인지 이해가 되십니까? 자작나무가 휘어져 있다는 것이 아이가 흔드는 것과 무슨 상관이 있단 말인가요?

그런 의문을 풀려면 일단 원문을 잘 보아야 할 것입니다. 원문

문장을 보면 자작나무가 왼쪽. 오른쪽으로, 곧 옆으로 굽혀져 누워있는 것을 본다는 내용이고, 자작나무 줄기는 곧바르고 조금 어두워 보이니까 기둥이 되는 줄기는 꼿꼿하게 하늘로 올라가 있다는 것을 알 수 있고, 그렇게 줄기가 옆으로 누워있는 것은, 어린아이들이 swing을 하고 있기 때문으로 생각했다는 것을 표현하고 있습니다. 여기서의 관건은 swing 이라는 단어를 어떻게 해석하느냐 하는 것인데, 여기에 서로 의견이 있습니다.

그 의미를 알려면 이 시를 끝까지 다 읽어보아야 합니다. 그러면 뒷부분에 아이들이 나무를 타고 올라감으로 해서 나뭇가지들이 휜다는 것으로 알 수 있습니다. 그렇다면 이 시의 머릿 부분에 나오는 swing 이란 단어는 누군가가 나무에 올라감으로 해서 나무들이 휘어지게 된 상태를 말한다고 봐야 합니다. 그렇게 본다면 흔히 우리들이 접하는 이 시의 다음과 같은 기존의 번역,

꼿꼿하고 검푸른 나무줄기 사이로
자작나무가 좌우로 휘어져 있는 걸 보면
나는 어떤 아이가 그걸 흔들고 있었다고 생각하고 싶어진다.

가 조금 이상하게 느껴지며 의미도 명확하게 들어오지 않는 기분입니다. 아이가 흔든다는 것, 그것이 어떻게 줄기를 옆으로

휘게 합니까? swing 이라는 단어가 흔든다는 뜻이 있지만 전체적인 문맥을 봐서는 '타고 올라가서 흔든다' 라는 뜻으로 풀어야 한다는 것입니다. 곧 그네타기 입니다. 그러기에 이 시는 어둠칙칙한 자작나무 줄기가 꼿꼿하게 뻗은 사이로 가지들이 좌우로 휘어 누워있는 것을 보면 어린 애들이 타 올라 흔드는 때문이라는 생각이 들게 된다. 뭐 이런 정도가 옳은 번역이 아닐까요?

뭔가 머릿속으로 정확히 이해가 되지 않도록 번역이 되어있으면 그 시 뒷부분을 이해하는데 큰 어려움을 겪게 됩니다. 이런 상황인식을 갖고 시를 계속 읽어봅시다.

But swinging doesn't bend them down to stay.

Ice-storms do that. Often you must have seen them

Loaded with ice a sunny winter morning

After a rain. They click upon themselves

As the breeze rises, and turn many-coloured

As the stir cracks and crazes their enamel.

기존 번역

그러나 흔들어서는 눈보라가 그렇게 하듯

나무들을 아주 휘어져 있게는 못한다.

비가 온 뒤 개인 겨울날 아침

나무 가지에 얼음이 잔뜩 쌓여 있는 걸 본 일이 있을 것이다.

바람이 불면 흔들려 딸그락거리고

그 얼음 에나멜이 갈라지고 금이 가면서

오색 찬란하게 빛난다.

이 부분을 저는 이렇게 번역하고 싶어집니다

그러나 나무에 올라타는 것만으론 그렇게 누워있지 않아요

눈보라들 때문인 것이야

비가 온 뒤 해가 난 겨울 아침에 나뭇가지에

얼음이 잔뜩 붙어있는 것을 본 적이 있을 것이다.

바람이 불기 시작하면 얼음이 갈라지고 깨어지면서

찬란하게 빛나는 것을

그 다음 연聯은 우리말 번역으로만 보지요! 3단락입니다.

기존번역

어느새 따뜻한 햇빛은 그것들을 녹여

굳어진 눈 위에 수정水晶 비늘처럼 쏟아져 내리게 한다.

그 부서진 유리 더미를 쓸어 치운다면

당신은 하늘의 속 천정이 허물어져 내렸다고 생각할는지도 모른다.

나의번역 *

곧 따뜻한 햇빛에 그것들이 녹아내리면서

굳은 눈 위에 수정 조각들처럼 부서져 쏟아져 내리는데

그 유리더미를 쓸어서 치울 냥이면

마치 하늘이 무너져 내린 것 같잖아요?

기존번역

나무들은 얼음 무게에 못 이겨

말라붙은 고사리에 끝이 닿도록 휘어지지만,

부러지지는 않을 것 같다. 비록

한번 휜 채 오래 있으면

다시 꼿꼿이 서지는 못한다고 하더라도.

그리하여 세월이 지나면

머리 감은 아가씨가

햇빛에 머리를 말리려고

무릎 꿇고 엎드려 머리를 풀어 던지듯

잎을 땅에 끌며 허리를 굽히고 있는

나무를 볼 수 있을 것이다.

나의번역 *

얼음무게를 못이기는 나뭇가지들은 고사리에 닿을 정도로 휘어지
지만 부러지지는 않지요.
그렇다고 스스로 일어서는 것도 아니지만
그러다 시간이 지나가면 나무들이 잎이 땅에 닿을 정도로
큰 화살처럼 휘는 것을 볼 수 있거든
마치 아가씨들이 머리를 감은 후에
햇빛에 말리려 무릎을 꿇고
머리를 늘어트리고 있듯이

기존번역

얼음 사태가 나무를 휘게 했다는 사실로
나는 진실을 말하려고 했지만
그래도 나는 소를 데리러 나왔던 아이가
나무들을 휘어놓은 것이라고 생각하고 싶어진다.
시골 구석에 살기 때문에 야구도 못배우고
스스로 만들어낸 장난을 할 뿐이며
여름이나 겨울이나 혼자 노는 어떤 소년.

나의번역 *

그런데 나무 위의 얼음 때문이라고 진실을 말하고 싶으면서도

소년들이 소를 먹이러 나왔다가 들어가면서

그랬다고 말하고 싶어지는 것이야

야구도 못 배울 정도로 외딴 시골에 살아서

자기 혼자서 놀이를 찾아야 하는 소년

여름이나 겨울이나 혼자 놀아야 하는 애들 말이야

이 다음부터 다시 영어원문을 보겠습니다. 중요한 부분이니까요.

One by one he subdued his father's trees

By riding them down over and over again

Until he took the stiffness out of them,

And not one but hung limp, not one was left

For him to conquer. He learned all there was

To learn about not launching out too soon

And so not carrying the tree away

Clear to the ground.

아버지가 키우는 나무를 하나씩 타고 오르며

가지가 다 휠 때까지

나무들이 모두 축 늘어질 때까지

되풀이 오르내리며 정복하는 소년.

그리하여 그는 나무에 성급히 기어오르지 않는 법을

그래서 나무를 뿌리채 뽑지 않는 법을 배웠을 것이다.

나의번역 *

그 애는 아버지가 심은 나무를 하나하나

몇 번씩이나 타서 오르고 내리고 해서

마침내 나뭇가지들이 유연해지는 거지

더 이상 타고 오를 나무가 없어지는 거고

거기서 애들은 배운단다

너무 일찍부터 나무에 오르다가

나무가 뿌리 채 뽑히면 안된다는 것을.

He always kept his poise

To the top branches, climbing carefully

With the same pains you use to fill a cup

Up to the brim, and even above the brim.

Then he flung outward, feet first, with a swish,

Kicking his way down through the air to the ground.

기존번역

그는 언제나 나무 꼭대기로 기어오를 자세를 취하고

우리가 물이 찰찰 넘치는 잔을 다루 듯

조심스럽게 기어 오른다.

그리고는 몸을 날려, 발이 먼저 닿도록 하면서,

휙 하고 바람을 가르며 땅으로 뛰어내린다.

나의번역 *

그 애들이 굉장히 조심조심하면서

나무 꼭대기까지 올라가는 자세란

마치 컵 가득 물을 따르다가 넘치는 것과 같아

꼭대기에서는 몸을 날려서 발을 먼저 뻗고

휙 하고 사뿐히 땅으로 내리는 거지

So was I once myself a swinger of birches.

And so I dream of going back to be.

It's when I'm weary of considerations,

And life is too much like a pathless wood

Where your face burns and tickles with the cobwebs

Broken across it, and one eye is weeping

From a twig's having lashed across it open.

기존번역

나도 한때는 그렇게 자작나무를 휘어잡는 소년이었다.

그래서 나는 그 시절로 돌아가고 싶어한다.

걱정이 많아지고

인생이 정말 길 없는 숲 같아서

얼굴이 거미줄에 걸려 얼얼하고 근지러울 때

그리고 작은 가지가 눈을 때려

한쪽 눈에서 눈물이 날 때면

더욱 그 시절로 돌아가고 싶어진다.

이 부분의 번역을 보면 기껏 자작나무를 타고 올랐다가 내려오는 광경을 설명하고는 번역에 '휘어잡는' 이란 말이 나옵니다. 이것은 잘못된 것입니다. 여기서의 swinger는 swing을 하는 사람, 곧 자작나무를 타고 올라가는 소년이라고 해야 합니다. 그렇게 번역을 하지 않으니까 나무를 '휘어잡는다'는 말이 무슨 뜻인지 알 수가 없는 것입니다. 따라서 이 부분의 나의 번역은

나의번역 *

그렇게 나도 자작나무 타는 소년이었지

그리고 다시 돌아가고 싶고……

정말 이것저것 너무 생각하느라 지치고 힘들어

인생이 길도 없는 숲 같을 때 말이야

왜 숲을 가다가 얼굴에 거미줄이 걸려 간지럽고 화끈거리고

작은 나뭇가지가 눈을 때려 아플 때 말이야

이제 이 시의 마지막 부분입니다. 꽤나 긴 시이지만 나눠서 읽어보면 그리 긴 시가 아니고, 제대로 해석이 되면 아주 쉬운 시인데, 해석이 잘못되면 이해가 되지 않아서 길게 느껴집니다.

I'd like to get away from earth awhile

And then come back to it and begin over.

May no fate willfully misunderstand me

And half grant what I wish and snatch me away

Not to return. Earth's the right place for love:

I don't know where it's likely to go better.

기존번역

이 세상을 잠시 떠났다가

다시 와서 새 출발을 하고 싶어진다.

그렇다고 운명의 신이 고의로 오해하여

내 소망을 반만 들어주면서 나를

이 세상에 돌아오지 못하게 아주 데려가 버리지는 않겠지.

세상은 사랑하기에 알맞은 곳,

이 세상보다 더 나은 곳이 어디 있는지 나는 알지 못한다.

이 번역에서의 문제점은 세상을 떠났다가 다시 돌아와 새출발을 한다는 것이 무슨 의미인지가 확연하지 않다는 것입니다. 그것은 이 자작나무를 타는 소년처럼 하늘 끝까지 올라갔다가 다시 그 가지를 타고 지상에 내려올 수 있는 것을 뜻한다고 봐야하고, 그렇다면 번역도 조금 달라져야 합니다.

나의번역 *

그렇게 이 지구에서 잠시 벗어나 있다가

다시 돌아와 시작하고 싶은 거야

그렇다고 설마 운명의 신이 내 뜻을 곡해해서
하늘로 데려간 뒤 내려놓지 않는 것은 아니겠지
이 지상이야말로 사랑하기 딱 좋은 곳
더 좋은 곳이 어디 있단 말인가

이제 정말 마지막 문장입니다.

I'd like to go by climbing a birch tree
And climb black branches up a snow-white trunk
Toward heaven, till the tree could bear no more,
But dipped its top and set me down again.
That would be good both going and coming back.
One could do worse than be a swinger of birches.

기존번역

나는 자작나무 타듯 살아가고 싶다.
하늘을 향해, 설백雪白의 줄기를 타고 검은 가지에 올라
나무가 더 견디지 못할 만큼 높이 올라갔다가
가지 끝을 늘어뜨려 다시 땅 위에 내려오듯 살고 싶다.
가는 것도 돌아오는 것도 좋은 일이다.

자작나무 흔드는 자*보다 훨씬 못하게 살수도 있으니까.

나의번역 *

그래 난 자작나무를 오르듯 살아가고 싶은 거야

눈 덮인 줄기의 검은 가지들을 타고 올라

하늘까지 올라갔다가 나무가 견디지 못하게 되면

가지 끝이 숙여져 땅에 다시 내려오듯 말이야

그렇게 갔다가 돌아오는 것, 얼마나 좋아?

인생이란 게 자작나무 타는 것보다 훨씬 못할 수 있는데

　마지막 문장의 기존 번역에서도 여전히 swinger를 '흔드는 자'로 표현하고 있는 것은 끝까지 이 시의 뜻을 새기지 못한 것이 아니냐는 비판을 받을 각오를 해야 할 것입니다. 이 마지막 문장에서 시 전체의 뜻이 명확히 나옵니다. 우리 인생이 자작나무 가지를 타는 것처럼, 하늘 끝까지 올라갔다가 다시 돌아올 수 있으면 얼마나 좋겠느냐는 것이고. 그 경지를 설명하기 위해 눈 덮힌 겨울 자작나무의 가지가 휘어져 옆으로 뻗어있는 풍경을 도입부로 들고 나온 것입니다.

　그 뜻이 처음부터 살아있었으면 우리의 이 시에 대한 이해도 훨씬 편하고 좋았을 것입니다. 아니 그것이 번역의 문제가 아니라 나의 이해력 문제일 수도 있습니다. 나의 어휘개념의 문제일 수도 있고요. 아무튼 그런 번역의 차이, 번역의 미세한 배려가 시를 이해하는 데 이처럼 중요하다면 시를 번역하시는 분들의 보다 세심한 절차切磋와 탁마琢磨가 필수적이라고 하겠습니다. 자작나무라는 것이 시베리아에 많이 살고 우리 민족의 시원목始原木이라는 말들이 있어서 사뭇 신비감을 더해주지만 사실 로버트 프로스트가 살던 미국 뉴 잉글랜드 지방에는 이 나무가 많이 자라고 있어 이 나무를 통한 어릴 때의 경험이 이처럼 인생에 대한 전체적인 성찰로 이어진 것 같습니다. 참으로 자연은 우리 인생의 위대한 스승이 아닐 수 없습니다. 위대한 시인들은 그

가르침을 우리에게 전해주는 분들입니다.

이제 진정으로 편안한 마음으로 이 시를 다시 읽어보며 왜 이 시가 멋진 시인지를 음미해보십시다.

어둠칙칙한 자작나무 줄기가 꼿꼿하게 뻗은 사이로

가지들이 좌우로 휘어 누워있는 것을 보면

어린 애들이 타 올라 흔드는 거라는 생각이 들게 된다.

그러나 나무에 올라타는 것만으론 그렇게 누워있지 않아요

눈보라들 때문인 것이야

비가 온 뒤 해가 난 겨울 아침에 나뭇가지에

얼음이 잔뜩 붙어있는 것을 본 적이 있을 것이다.

바람이 불기 시작하면 얼음이 갈라지고 깨어지면서

찬란하게 빛나는 것을

곧 따뜻한 햇빛에 그것들이 녹아내리면서

굳은 눈 위에 수정 조각들처럼 부서져 쏟아져 내리는데

그 유리더미를 쓸어서 치울 냥이면

마치 하늘이 무너져 내린 것 같잖아요?

얼음무게를 못이기는 나뭇가지들이 고사리에 닿을 정도로 휘어지지만 부러지지는 않지요.

그렇다고 스스로 일어서는 것도 아니지만.

그러다 시간이 지나가면 나무들이 잎이 땅에 닿을 정도로

큰 화살처럼 휘는 것을 볼 수 있거든

마치 아가씨들이 머리를 감은 후에

햇빛에 말리려 무릎을 꿇고

머리를 늘어트리고 있듯이

그런데 나무 위의 얼음 때문이라고 진실을 말하고 싶으면서도

소년들이 소를 먹이러 나왔다가 들어가면서

그랬다고 말하고 싶어지는 것이야

야구도 못 배울 정도로 외딴 시골에 살아서

자기 혼자서 놀이를 찾아야 하는 소년

여름이나 겨울이나 혼자 놀아야 하는 애들 말이야

그 애는 아버지가 심은 나무를 하나하나

몇 번씩이나 타서 오르고 내리고 해서

마침내 나뭇가지들이 유연해지는 거지

더 이상 타고 오를 나무가 없어지는 거고

거기서 애들은 배운단다

너무 일찍부터 나무에 오르다가

나무가 뿌리 채 뽑히면 안된다는 것을.

그 애들이 굉장히 조심조심하면서

나무 꼭대기까지 올라가는 자세란

마치 컵 가득 물을 따르다가 넘치는 것과 같아

꼭대기에서는 몸을 날려서 발을 먼저 뻗고

휙 하고 사뿐히 땅으로 내리는 거지

그렇게 나도 자작나무 타는 소년이었지

그리고 다시 돌아가고 싶고……

정말 이것저것 너무 생각하느라 지치고 힘들어

인생이 길도 없는 숲 같을 때 말이야

왜 숲을 가다가 얼굴에 거미줄이 걸려 간지럽고 화끈거리고

작은 나뭇가지가 눈을 때려 아플 때 말이야

그래, 이 지구에서 잠시 벗어나 있다가

다시 돌아와 시작하고 싶은 거야

그렇다고 설마 운명의 신이 내 뜻을 곡해해서

하늘로 데려간 뒤 내려놓지 않는 것은 아니겠지

이 지상이야말로 사랑하기 딱 좋은 곳

더 좋은 곳이 어디 있단 말인가

그래 자작나무를 오르듯 살아가고 싶은 거야

눈 덮인 줄기의 검은 가지들을 타고 올라

하늘까지 올라갔다가 나무가 견디지 못하게 되면

가지 끝이 숙여져 땅에 다시 내려오듯 말이야

그렇게 갔다가 돌아오는 것, 얼마나 좋아?

모든 것을 훌훌 털고 여행을 떠나자, 그것도 발로 걸어서 가는 도보여행을 떠나자고 해놓고는 갑자기 시의 번역을 가지고 골치를 아프게 합니까? 저자는 참 이상한 사람이군요. 당신 영어 실력이 좋다고 자랑하려는 겁니까?

그것은 아닙니다. 굳이 원문을 놓고 번역이 잘 되었는지 잘못되었는지를 따지는 것은, 우리들의 삶도 때로는 정확한 인식이 있어야 한다는 점, 그렇게 함으로써 우리들의 삶의 길을 올바로 택할 수 있다는 점 때문일 것입니다. 로버트 프로스트가 걸어온 삶의 길, 그가 우리에게 하고 싶은 인생의 길이 어떤 것이었는지를 정확히 앎으로 해서 우리들은 우리의 길을 더 선명한 것으로, 더 의미있는 것으로 골라서 택할 수 있습니다. 로버트 프로스트의 시를 다시 읽는 이유는 우리들의 인생길에 깔려져 있는 그런 유한성과 제한성을 다시 상기하기 위한 것입니다.

더욱 중요한 것은 인생이란 긴 여행, 유한한 이 삶에서 다시금 돌아오는 법, 그리고 그것이 안된다면 더 사랑하는 법을 배우기 위한 것입니다.

구름도 어둠도 날려 보내는 뭉실뭉실한 바람되거라
물은 물대로 갈라 놓고, 산은 산대로 덮어 놓고, 하늘 땅 씻어내어

제 갈 길 찾아주는
착하고 어진 바람되거라

사진 _ 이동훈

"선생! 나는 앞으로 원풍이라고 불러주게! 언덕 원原자 바람 풍風자, 언덕, 아니 벌판의 바람이란 말일세!"

이런 사람이 있다면 그 사람은 얼마나 건방진가? 우리 모두가 현실에 얽매어 신음하고 있을 대에 저 혼자만이 아무런 구애도 없이 자유자재로 세상을 사는 듯이 폼을 잡는 이런 친구는 얼마나 얄미운가?

그런데 그게 맞았다. 그는 '바람風' 이었다. 스스로 원풍이라는 호를 즐겨 쓰는 그대로 그는 형태도 형체도 없고 가둘 수도 없고 머물 수도 없고 어딘가로 날아가고 싶은, 자유인으로서의 바람이었다.

쓴 쇠주에 정담을 안주로 해서
지나간 세월을 수저질하면

그렇게 그는 소주를 좋아했고 그렇게 마신 소주병으로 그의 집 주위에 담을 쌓았다. 쐬주(표준어 소주를 그는 맨날 이렇게 발음한다. 뭔가 자극이 강한 것을 좋아하는 때문이다)를 쌓아놓고 친구들이 오기를 기다린다. 미리 정하고 오는 것도 좋지만 사전 연락 없이 불쑥 찾아오는 것을 더 좋아한다. 어디 바람이 약속을 하고 다니누? 그것이 그의 변이었다. 확실히 그는 바람이었다.

술꾼들은 소주 한 잔에 뜨끈한 찌개 한 숟갈로 목을 씻으며 "캬~"하고 목젖을 서너 번 떨어야 소주를 마시는 것이 된다. 그런데 그렇게 먹는 소주는 별로 양에 안차는지 꼭 '쐬주'를 받고도 안주로 국물은 입에도 대지를 않는다. 그저 마른 멸치 두 세 마리에다 풋 마늘 몇 쪽이면 된다. 노골적으로 국물을 안주로 하는 우리 같은 속인들을 멸시하는 것은 아니지만 솔직히 기분이 별로 안 좋다. 자기만 마치 우주의 기운만으로 사는 신선인양 하는 것이 우리는 아니꼬운 것이다. 빈정이 상하는 것이다. 그렇게 술을 마시다 몇 년 전 뱃속이 망가져서 고생을 했다. 우리 못된 친구들은 그것을 고소하게 생각했다. "그래 어디 저 혼자 신선인 척 하더니 꼴 좋다. 신선도 별반 다르지 않구먼. 결국 먹으면 밑으로 빼는 것은 똑같은 놈들이 아니던가?" 그러나 벌판의 바람처럼 그는 다시 일어나서 풀잎을 눕히며 쌩생 소리 지르며 들판을 달려간다.

【 '그물에 걸리지 않는 바람을 그리며' 중에서】

바람은 구애와 속박을 모른다. 구애를 싫어하는 바람은 몸이 없다. 그의 몸은 세상의 사물들이 가둬주고 막아주는 대로 자유 자재로 변한다. 그러니 바람은 수많은 점의 집합체일 것이다. 원풍은 스스로 수많은 작은 점이 되어 그 바람을 이루고자 한다. 그는 이 세상의 가식을 싫어한다. 이 세상의 출세 지상주의를 혐오한다. 그는 이 세상이 좀 더 솔직했으면 한다. 서로의 이기주의를 배격한다. 그러기에 그는 아무나 사랑하고 누구나 좋아한

사진 _ 이동훈

다. 그런 면에서 그는 시인 손의식의 표현처럼 '바람난 바람'이
다. 어느 누구도 쓰다듬고 좋아하지 않는 경우가 없으니까.

　바람은 스스로 어딘가에 무엇인가에 부딪침으로서 자신을 드
러낸다. 그런 바람이 내는 소리 가운데 가장 좋아하는 것이 풍경
인 것 같다. 맑고 청아한 소리가 곧 스스로의 마음을 대변하는
듯 착각하는 것이다. 그러기에 바람은 영원히 무엇을 찾아 떠나
는 여행꾼의 가장 좋은 친구이다. 아니 여행꾼 그 자체다.

풍경風磬은 바람의 손짓이다.

풍경風磬은 바람의 눈짓이다.

풍경風磬은 바람의 옹아리이다.

풍경風磬은 바람의 가르침이다.

풍경風磬은 바람의 노래다

풍경風磬은 바람의 울음이다.

【'용담강 풍경사물고' 중에서】

용담강龍潭岡 금서재琴書齋에서

그물에 거리지 않는 바람을 그리며

솔가지 끝에 술 한잔을 걸어놓다.

【김연오 '원풍'】

그가 사는 동네는 용담강이다. 용담이라는 말은 그가 사는 동네의 이름이 용담리이기 때문일 것이고, 강岡이라는 말을 붙인 것은 산비탈, 혹은 작은 언덕이라는 이유에서 일 것이다. 그가 사는 단층 집, 그가 설계하고 지은 그 집은 이름이 금서재琴書齋이다. 옛 사람들의 정취에서 따온 말이다. 선비들의 생활은 '좌서우금左書右琴' 이라고 했다. 방안에 책을 많이 쌓아놓고 보다가 때때로 금琴으로 마음과 시간을 다스린다. 금琴은 흔히 거문고로 이해되지만 가야금이라고 해서 다를 것이 없다. 금서재란 이름도 거기서 나왔으리라. 그의 단층집을 돌아가면서 수많은 책들이 꽂혀 있다. 그 책 사이로 원풍은 거문고나 가야금 대신에 쇠줄기타를 세워놓았다. 클래식 기타를 했다는 나의 '명성名聲' 때문에 좀처럼 솜씨를 보이지는 않지만 그도 노래하고 반주하는 가객歌客으로서의 자격을 획득할 정도로 기타를 친다는 것이 주위의 전언이다.

그의 이런 풍도는 남들, 특히 속세에 묻혀 사는 우리 같은 사람들은 흉내도 낼 수 없는 경지이다. 뜰 앞에는 꽃을 심어놓고 봄부터 여름까지는 마음껏 보고 즐긴다. 잡초가 생기면 그것대로 또 자연이다.

지난 해 가끔 찾아가던 충청도

웬 산사의 주지스님께서
답방 겸 방문을 했다.

거실에 앉아 찻잔을 들고
밖을 보다가 무심코 말했다
처사님 잡초 좀 뽑으시지요
내가 대답했다.
스님, 가서 뽑아 보시지요.

스님이 금새 좌정을 하며 말했다.
어, 미안합니다. 처사님, 우리 바꾸어 살지요.
【'잡초는 없다' 중에서】

가을이 되면 황금들판에 나가서 마을 주민들과 스스럼없이
어울린다. 겨울이 되면 발목까지 빠지는 눈에 파묻혀 그 자신도
자연의 일부가 된다.

눈이 오네
눈雪이 오는가, 눈目이 다가가는가?
보임이 없으니 오감도 없어

「월출산 천왕봉」, 사진 _ 국립공원관리공단 | 임정묵

【'다 놓아 버림이로다' 중에서】

직접 거문고를 연주하지는 않지만 그 스스로 줄 없는 거문고가 되어 자연의 악기로 변한다 고려말의 명신 이곡이 표현한대로

나는 꽃 마주하여 이 노래를 부를 테니 / 我欲對花歌此曲
스님은 줄 없는 거문고나 한번 타시오 / 請師一撫沒絃琴

【가정 이곡, 연성사(延聖寺)의 옥잠화(玉簪花) 시에 차운하다】

그 악기를 누가 연주하던 간에 그것은 상관없다. 그 옛날 송나라의 임화정林和靖이 매화를 기르고 학을 길러 친구로 삼았다고 하는데, 세상이 변하고 자연이 훼손되어 학을 기를 수는 없으되, 아침마다 학이 날아올 수 있는 그런 생활이다.

금서재 창 밖 용담 들녘엔
친구 정순이의 노래 '학' 이 고운 듯 나르니
이 감미로운 아침
행복은 어디서 날아 온 나래짓인가?

【계미『癸未』 '서설부(瑞雪賦)' 중에서】

바로 이런 생활이 우리 선인들이 좋아한 생활이 아니던가? 대체로 돈이 안 들고 별로 특별한 것도 없는 것들. 예를 들면 느긋하게 독서하기, 단정히 앉아서 고요히 말없이 있는 것, 자연 속을 한가로이 거니는 것, 평상에 앉아 거문고를 타는 것, 친구와 담소를 나누는 것, 꽃을 가꾸는 것, 차를 마시는 것…… 이런 즐거움, 참으로 맑은 이런 즐거움은 즐거움의 대상이 맑기 때문이 아니라 즐거움을 구하는 사람의 마음 자체가 맑기 때문이다. 왜냐하면 어쩌면 즐거움은 바깥에 있지 않고 내면에 있는 것이기 때문이리라.

우리가 여행에서 추구하는 것도 바로 이런 초월超越일 것이다. 일탈逸脫일 것이다. 자유自由일 것이다. 산중에 살면서 삼베옷을 입고 짚신을 신으며 맑은 샘물에 가서 발을 씻고 밤에는 홀로 앉아 밤새 시를 읊는다. 마루 위에는 쇠줄 기타와 타악기 대용으로 쓰는 바가지. 바둑 한 판을 갖추고 친구들이나 현인들의 왕래를 즐기며 시간가는 줄 모른다. 이러한 복을 다산 정약용은 청복淸福이라고 했거니와, 하늘이 주기에 아까와 하는 이런 복을 혼자서 누리고 사는 그 사람이야 말로 복 받은 사람이다. 우리 누구나 하고 싶지만 못하는 이런 생활을 그 자신 과감하게 실행하며 살 수 있으니 말이다. 그것이 곧 여행의 멋이요, 바람의 마음이다.

　우리는 벌판을 마음 놓고 달리는, 푸른 창공을 멋대로 건너다니는 바람의 그 풍성하고 자유로운 생활에서, 마치 여행에서 느끼는 그대로, 우리의 마음을 씻어줄 맑은 공기와 샘물을 찾아 먹고 마시자.

구름도 어둠도
날려 보내는
뭉실뭉실한 바람되거라

물은 물대로 갈라 놓고
산은 산대로 덮어 놓고
하늘 땅 씻어내어
제 갈길 찾아주는
착하고 어진 바람되거라

산새 나비 날개깃
다치지 말고
누운 들풀에도 소식 전하는
신바람 되거라

눈과 얼음 만나면
찬바람 되고
비 만나면
비바람 되겠지만

죄罪 와 한恨 씻어주는
훈풍이 되어주고
돈과 감투 날리는
정풍整風이 되거라

더 큰 권세 만나거든
민풍民風이 되거라

천리 창공에 맑은 빛 만나
청풍淸風이 되고

굽은 소나무 부르면
솔바람 되거라

【이수천 '바람되거라'】

사진 _ 이동훈

산 넘어 넘어 돌고 돌아 그 뫼에 오르려니
그 뫼는 어드메뇨 내 발만 돌고 도네

강 건너 건너 흘러 흘러 그 물에 적시려니
그 물은 어드메뇨 내 몸만 흘러 흘러

사진 _ 이정수

　대개 여름의 더위와 겨울의 추위는 사람들이 모두 괴로워하는
데, 오직 봄철의 화창함과 가을철의 맑음이 사람에게 적합하다.
그렇지만 봄철의 화창한 기운은 사람들을 게을러지게 하기 쉬운
데, 무더위가 명령을 거두고 맑은 가을 소리가 음률을 맞추어 들
려오게 되면 하늘 끝 땅 다한 데까지 청명하고 환하게 트이니, 그
기운이 사람에게 주는 것은 비록 공명과 부귀 같은 사람의 마음
을 태우는 것이라도 변하여 청량하게 되는 것이다. 사시의 경치
가 가을처럼 좋은 것이 없고, 가을 경치가 이 정자보다 더 좋은
곳이 없다.

【이숭인「李崇仁」 '추흥정기(秋興亭記)'】

　도은 이숭인 선생이 묘사한 가을은, 읽는 사람에게 마치 가을
의 한 가운데에 빠져 있는 것 같은 착각을 줄 정도로 가을의 상

쾌한 기분을 잘 표현하고 있다.

우리가 일 년을 보내면서 느끼는 것은 계절감과 달력 사이의 괴리현상이다. 무슨 이야기인가 하면 8월이 지나가면 일 년 12달 가운데 8달이 지나므로 해서 3분의 2가 지나는 것이 되는데, 느낌으로는 봄과 여름을 지나 가을로 접어든다는 생각에 겨우 절반이 지난 것 같다는 것이다. 그러다 문득 남은 달을 세어보면 "어렵쇼, 이거 올해가 다 갔잖아! 그 많던 달들이 다 어디가고 이제 겨우 4달이 남은 거야?"라고 깜짝 놀라게 된다. 그리고는 짧은 가을, 그리고 금방 오는 겨울에 대해 원망의 마음을 갖게 된다.

지역 근무를 위해 서울을 떠나올 때에 예상했던 시간이 거의 다 된 즈음, 다시 본사로 발령이 언제쯤 날 것인가를 기다리다 보니 시간이 천천히 가는 것 같다. 지역 발령을 받았을 때에 집을 전세주고 내려온 사람들처럼 서울로 올라가서 머물 집 걱정을 할 필요도 없어서 그리 초조한 입장은 아니지만 그래도 뭔가 모르는 미래를 무작정 기다린다는 것은 조금은 불안하다고 하지 않을 수 없다.

바람에 휩쓸리는 뜨락의 낙엽
교외 들판 눈에 가득 저녁 연기 자욱하네

【장유「張維」 '추회팔수(秋懷八數)' 중에서】

아직까지 장유 선생이 묘사한 대로 가을이 깊은 것은 아니지만 드라이브를 나갔다가 돌아오는 길에 보는 들판의 자욱한 저녁 연기는 어차피 나그네일 수 밖에 없는 우리들의 가슴에 쓸쓸함을 불어넣어준다. 부산에서 서울로 가는 제비가 지금 이 철에 있을 턱이 없어서 제비대신에 인터넷 블로그에 마음을 실어보내는 수밖에 없다.

서울을 떠나서 지역에 일정기간 근무하는 것은, 사람의 일생에서 새로운 경험일 것이고, 그것 또한 희망하는 분들이 많이 있겠지만 새로운 사람들과 만나 일을 하고 정을 나누다 보니 서울에 두고 온 많은 친구들이 어떻게 지내는지, 서울로 돌아가면 그들이 우리를 반겨줄지 조금 걱정이 아주 없지는 않다. 진晉나

라 반악潘岳처럼 32세 때부터 흰머리가 나기 시작한 것은 아니지만 2년 동안에 머리의 새치가 더욱 많아져, 어쩌다 만나는 후배들로부터 머리색이 바뀌었다는 소리를 들을 때, 돌아와 거울을 보고는 "아! 이젠 새치가 아니라 본치가 된 것이군" 하고 제법 쓸쓸해지는 것이다.

동산에 달 뜨자 두견새 우는데
남쪽 마루에 옮겨 앉자 마음 더욱 처량하네
돌아가는 좋음만 못하다고 너는 말하지만

촉나라 하늘이 어디인고 물과 구름 아득하고나

東山月上杜鵑啼

徒倚南軒意轉悽

爾道不如歸去好

蜀天何處水雲迷

【김시습 '달밤에 두견새소리 듣고는(月夜聞子規)'】

　　그러나 따지고 보면 시간도 지나고 나면 아무 것도 아니다. 이
곳에서 만난 그 많은 사람들, 술잔을 기울이고 인생을 논하고 세
상을 위해 머리를 짜던 그 모든 이들이 인생의 좋은 재산이 되었
고 곳곳에서 본 산과 바다의 아름다운 경치들은 머리속에 뚜렷
한 영상으로 남아있겠지만 서울로 돌아가면 아마도 그 모든 것
들이 기억의 한쪽 깊숙한 곳에 저장되고, 많이 남지 않은 우리들
의 머리속은 새로운 사람, 새로운 일, 새로운 상황에 대응하느라
다시 많은 저장공간을 필요로 할 것이다. 다시 말하면 새로운 일
상으로 다시 들어간다는 말이다. 결국 타지에 가서 근무하게 되
면 사람들은 정해진 시간동안 수많은 동그라미를 그리며 돌고
도는 길을 걸어 오는 것이 아닌가?

　　산 넘어 넘어 돌고 돌아 그 뫼에 오르려니

그 뫼는 어드메뇨 내 발만 돌고 도네

강 건너 건너 흘러 흘러 그 물에 적시려니

그 물은 어드메뇨 내 몸만 흘러 흘러

발만 돌아 발 밑에는 동그라미 수북하고

몸 흘러도 이내 몸은 그 안에서 흘렀네

동그라미 돌더라도 아니가면 어이해

그 물 좋고 그 뫼 좋아 어이해도 가야겠네

【 노사연 '돌고 돌아가는 길' 】

1978년 대학가요제에서 노사연이 부른 이 노래를 처음 들을 때의 그 충격적인 감동, 30년이 더 지난 지금, 중년을 지나는 나이가 되자 그 노래의 의미가 더욱 절절히 다가오는 것은, 그 노래 말과 노래곡조가 좋아서일까? 아니면 나의 생각이 그만큼 (좋은 말로) 원숙해졌다는 뜻일까?

그래 이제 곧 나도 돌아가겠네!

고요한 밤 산당에 말없이 앉았으니
고요하고 적막함이 본래부터 그러함이라.
서풍은 무슨 일로 숲을 흔드는가?
찬 기러기 한소리 길게 울며 날아가는 구나

_ 금강경〈金剛經〉

사진 _장진희

복귀

가을은 돌아가는 계절입니다.

누구나 알고 있는 말이지요.

만물이 봄의 기운을 받아 줄기와 잎이 자라서 여름에 무성하다가 가을이면 낙엽이 지면서 그 기운이 각자의 뿌리로 되돌아가는 것이지요.

봄에서 여름까지의 활발한 움직임을 동動이라고 할 수 있다면 가을에 그 뿌리로 돌아가면 겨울 내내 조용하니까 그런 상태를 정靜이라고 할 수 있을 겁니다. 그것은 바로 노자老子의 《도덕경道德經》에 이르는 그대로,

는 것입니다.

저는 부산에서 서울로 돌아왔습니다.

부산에서 보면 서울로 돌아간 것이지요.

서울로 돌아옴, 혹은 돌아감은 노자의 도덕경이 말하는 그런 상태와는 다르겠지요. 부산과 서울을 비교한다면 부산이 정靜이고 서울이 동動이기에, 돌아감이라고 하기는 뭐하지만, 원래 활동하던 그 뿌리에 돌아왔으니까 서울로 온 것을 '돌아옴'이라고 표현해서 크게 틀리지는 않을 것입니다.

돌아옴이란 개념을 잘 설명한 것이 주역에서 이야기하는 복復괘입니다. 주역 64괘 가운데 24번째 괘인 지뢰복地雷復괘가 그것인데, 모두 6개의 효爻(가로지르는 막대) 가운데 위의 다섯 개가 음이고, 맨 밑에만 양인 그런 괘를 복復괘라고 하지요. 괘의 설명을 보면 다섯 음 아래 한 양이 생기니, 땅 속에서 우뢰가 다시 솟아오르듯 음이 지극하다가 양이 회복하는 형상입니다. 가을은 음이 심해지는 계절인데, 그 힘이 강해지다 보면 양이 다시 생겨나면서 새로운 탄생을 예고하는 것입니다.

돌아온다는 것은, 우주 원리이자 주역의 기본개념인 순환이 반복된다는 것입니다. 되돌아온다는 것은, 막히지 않고 통하는 것을 의미하기도 합니다. 오랫동안 길이 막혀 오지 못하고 있던 친구들이 다시 돌아오는 것도 이것입니다. 탕자가 집을 나갔다고 돌아오는 것도 이 복復괘이고, 물질적인 욕망을 극복하고 도덕적 인간으로 돌아오는 것도 이 복괘입니다. 그동안의 불안정, 떠돌아다님, 성격의 지나침…… 이런 음의 성질이 양으로 돌아오는 것을 의미합니다. 제가 서울로 돌아오는 것이 이런 우주적인 돌아옴과 무슨 상관이 있겠습니까만은, 저로서는 제가 있던 근본자리인 본사로 되돌아온 것이기에, 그것을 주역의 돌아옴과 같은 개념에서 생각하고 싶은 것입니다.

돌아옴, 그것을 '복귀復歸'라고 할 수 있다면, 아마도 그러한 복귀의 개념을 우리에게 일깨워주신 분이 황산덕(黃山德, 1917~1989) 선생입니다. 박정희 대통령이 있던 시절 성균관대 총장과 법무부장관을 역임했지만 원래는 법을 전공한 법학자이십니다. 일찍이 20대 후반이던 1954년에 서울대 법대 교수이던 황산덕 선생이 대학신문에 「자유부인 작가에게 드리는 글」을 발표해서 작가 정비석 씨와 논쟁을 벌여 세간에 큰 화제를 몰고 온 일이 있는데 그 자신이 어려운 우리 사회가 어떤 방향으로 나가야 할 것인지, 우리 민족의 좌표는 무엇이 되어야 하는지를 고민하면서 쓴 글이 『무엇이 돌아오나』라는 책이고 그 책의 제1부에 나오는 글인데 그것을 단행본으로 발전시킨 것이 1975년에 나온 『복귀』라고 하는 책입니다. 이 책에서 선생은 한 국가나 민족의

발전에는 국가의 중심적 역할을 맡은 인물이 어떤 마음을 가지
느냐에 달려 있으므로 그 마음가짐을 어떻게 굳건히 할 것인가
를 잘 알아야 한다고 말합니다.

　　당시 황산덕 선생이 본 우리 사회의 문제는 우리 사회가 자아
상실에 처해 있다는 것입니다. 물질 숭배의 우상에 갇혀 모든 이
들이 자아를 상실하고 자기로부터도 소외되어 있기에 이런 현상
을 극복하는 것이 관건이라고 진단합니다. 그것은 물질의 유혹
으로부터 벗어나는 것에서부터 시작된다는 것입니다. 사람이 자
기의 직업에 대하여 책임을 느끼고 그것을 잘 감당해내도록 밤
낮으로 열심히 노력하며 그 밖의 모든 세속적인, 인간적인 욕망
은 과감히 잘라낼 수 있는 자세, 그것이 참 된 인생이라고 한다
면, 그것은 오로지 신의 영광이라는 목적을 위해, 신의 선택을
위해 이 세상에서 욕심을 버리고 세상 경영에 나섰던 서양의 프
로테스탄트들처럼, 아니면, 신라의 화랑가운데 이런 향가

구름을 활짝 열어 젖히매 / 나타난 달이 /
흰구름을 쫓아 떠나니 어디인가 /
새파란 강물에 / 기파랑의 얼굴이 비쳐 있구나 /
여울내 물가에 / 임이 지니시던 / 마음의 끝을 쫓고 싶구나 /

사진 _ 이동훈

로 칭찬을 받은 화랑 기파랑처럼 우리 인생의 성패의 판단은 절대자에게 맡기고 오로지 자신의 행위의 가치를 충실히 하는 일에만 전력을 다하려는 마음자세가 바탕이 된다고 선생은 말합니다.

그 화랑들이 있던 신라가 한반도의 동쪽에 있던 작은 나라에서 한반도를 통일하고 중국에 맞설 수 있었듯이 그렇게 오로지 자신이 무엇을 해야 할 지를 자각하는 사람들, 그 행위의 결과의 성공 여부를 생각하지 않고 오로지 그들의 행위를 가치있게 하는 데에만 전력을 다하는 사람들이 가득찬 사회, 그런 나라가 발전하지 않은 적이 없다는 것입니다.

그러므로 우리들이 세상을 관조해서 하늘과 우주의 근본원리를 파악하고 그러한 근본바탕으로 되돌아오는 것, 거기에서부터 우리의 마음의 출발점을 삼는 것, 그것이 바로 돌아옴, 곧 복귀라는 것이라고 황산덕 선생은 말합니다.

무엇이 하늘이고 무엇이 우주인가를 알기 위해서는 성찰이 필요합니다. 가만히 자신과 세상을 되돌아보면서 자신과 주위를 되돌아보는 것입니다. 이리저리 따지거나 인위적으로 조작하지 말고 가만히 앉아서 하늘의 뜻과 길을 생각하는 것입니다. 그것은 곧 맹자가 말한 호연지기를 기르는 일입니다.

"그 기氣는 지극히 크고 굳센 것이어서 그것을 곧은 방법으로 배양하여 해가 없도록 하면 천지 사이에 가득 차게 된다. 그러한 기는 의義와 도道에 배합하는 것이니, 이것이 없으면 그 기는 무력해지고 만다."

其爲氣也 至大至剛 以直養而無害 則塞於天地之間 其爲氣也 配義與道 無是 婚也

【맹자『孟子』'公孫丑上'】

그것은 또한 가을밤에 조용히 앉아 하늘을 바라볼 때에 느낄 수 있는 불교『금강경金剛經』에 나오는 이런 세계와 통합니다.

고요한 밤 산당에 말없이 앉았으니
고요하고 적막함이 본래부터 그러함이라
서풍은 무슨 일로 숲을 흔드는가?
찬 기러기 한소리 길게 울며 날아가는 구나
山堂静夜坐無言 寂寂寥寥本自然 何事西風動林野 一聲寒雁淚長天

그것은 다시 주역의 이런 구절로 돌아옵니다

하늘의 운행은 굳건하니,
군자는 이로써 스스로 굳세어 쉬지 않는다.
天行建君子以自强(彊)不息

가을은 이러한 하늘, 곧 천도天道의 운행을 생각하는 시간입니다.봄에 떠나 여름에 걸어간 길을 이제 되돌아올 때 입니다. 뜨겁던 공기가 식어가고 싸늘한 기운이 볼을 때릴 때에 우리들의 이성이 작동을 합니다. 그래서 앞으로만 나가던 것에서 잠시 벗어나서 그동안 지나온 길에 대해서 반추하고 자신의 행위에 대해서도 반성을 합니다.

이러한 반추, 반성을 통해서 사람들은 자기완성을 이룹니다. 자기 완성을 이룬다는 것은 다음에 자기가 무엇을 할 것인가를 안다는 뜻입니다. 자기가 무엇을 할지를 아는 사람에게는 사명감이라는 것이 생깁니다. 이 사명감을 갖고서 현실 속에서 그 이상의 실현을 위해 도전하는 것입니다. 그 사명감은 자기 한 몸의 영달을 바라는 따위의 욕망이 아닙니다. 우리 모두를 깨우쳐서 그 속에서 바람직한 가치를 실현시켜보겠다는 커다란 발원이 되어야 합니다.

산에도 오르고 물도 굽어본다

그러면서 자기 자신을 돌아본다.
거기서 선인들은 길道로서의 도道만이 아니라
인생과 자연의 근본을 탐구하는
도道로서의 길道을 보는 것이다

사진 _ 국립공원관리공단

둘레길
Dulleil

昔聞洞庭水러니 今上岳陽樓라.
吳楚東南坼이요, 乾坤이 日夜浮라.

    고등학교 때 문과반에서 공부한 학생들이 읽었을 당나라 시인 두보杜甫의 시 '등악양루登岳陽樓'는 이렇게 시작을 한다. 그 뜻은 원래 두시언해라고 해서 옛 훈민정음식으로 번역한 것을 배웠겠지만 대체로 이런 뜻이다.

일찌기 동정수의 명성을 들었는데
이제사 악양루에 올랐구나.
오·초 두나라가 동과 남으로 쪼개지고
하늘과 땅은 낮밤으로 떠 있음이라.

동정수란 곧 중국 호남성湖南省 북부에 있는 중국 제2의 호수 동정호洞庭湖를 일컫는다.

호남성이란 말이 이 호수의 남쪽에 있는 곳이란 뜻에서 생긴 것이기에, 이 호수가 얼마나 큰 지 짐작하기도 어려울 정도인데, 그 호수를 굽어보는 악양루에 올라서 시인 두보가 느낀 감정을 술회한 것이다. 그러므로 이 시는 두보의 여행시라고 할 수 있다. 이 악양루에 오르니 너른 사방에 눈에 들어오면서 그 속에 잠겨있는 역사와 전쟁통 속에서 고생하는 모든 사람들의 힘든 삶이 시인에게 만 가지 생각을 하게 만든다. 그것이 그 다음에 나타나 있다.

親朋에 無一字일새 老病이 有孤舟구나!
戎馬는 關山北하니, 憑軒涕泗流라!
친척 친구는 소식도 없고
늙은 몸만 쪽배에 있네
저 멀리 북쪽에서는 여전히 전쟁 중
난간에 기대니 하염없이 눈물만 나오네

두보의 이 '등악양루' 의 첫머리는 우리의 시인들도 시를 지을 때 흔히 차용하는 수법이었다.

昔聞三日浦(석문삼일포)

今上四仙亭(금상사선정)

水拍白銀盤(수박백은반)

山圍蒼玉屏(산위창옥병)

예전에 삼일포 소문을 들었는데

오늘에사 사선정에 올랐구나

물이 들이쳐 흰 은반을 만들고

산이 둘러쳐 푸른 옥병풍이 되었네.

天空綵雲濕(천공채운습)

石老秋光淸(석로추광청)

仙人去已遠(선인거이원)

古亭今無楹(고정금무영)

하늘은 비단 구름에 젖어 있고

바위는 가을빛에 선명하구나.

신선들 떠나간 지 오래 된 터라

옛 정자가 지금은 기둥도 없네.

【홍여하『洪汝河』 '유삼일포기(遊三日浦記)' 중에서】

그야말로 두보의 시 형태를 그대로 차용한 것임을

사진 _ 이동훈

한 눈에도 알 수 있다. 조선 중기의 문신 홍여하(洪汝河, 1620~1674)가 금강산을 여행하다가 동해바다와 만나는 곳에 있는 삼일포에 들러 그곳의 멋진 경치를 한시로 표현한 것이다.

서양인들이 어디를 보고 경치를 적은 기록은 그리 많지 않다. 아마도 그만큼 명산 명수가 적어서일까? 반면 동양. 특히 중국이나 우리나라의 경우 선비들은 어디를 가든 그곳 경치를 적고 감회를 읊었다. 그들은 산을 보면 물을 생각하고 물을 보면 인생과 시간을 생각해서 그 속에 있는 자신의 처신까지도 새롭게 다짐하곤 했다.

"처음 산으로 올라올 때는 산봉우리가 빙 둘러 에워싼 가운데 그윽하고 아름다운 경치가 올라올수록 한층 더 기이하여 신선한 기분이 끊임없이 들었는데, 정상에서 내려올 적에는 주위의 경관이 자꾸 더 속되고 좁아진다는 느낌에 가슴이 조여드는 듯 갑갑하여 마치 높은 나무에서 내려와 깊은 골짜기로 들어가는 것만 같았다. 그리하여 아쉬움에 뒤를 돌아보며 마음이 안정되지 않았다. 이로 볼 때 내 몸을 어디에 둘 것인가에 대해 삼가지 않을 수 없으며, 혹시라도 보는 견해를 낮게 해서는 안 된다는 것을 느낄 수 있었다."

【한강『寒岡』 정구『鄭逑』 '유가야산록(遊伽倻山錄)'】

세상에 도道를 지닌 사람 또한 실상이 그 명성을 웃돌기를 이 산과 같이 한다면 그 명성은 커지기를 구하지 않아도 커지고 더 널리 이름 나기를 구하지 않아도 더욱 멀리될 것이다. 그렇다면 이 산을 보는 자 어찌 한갓 바라보고 유람하는 데에만 그치랴. 반드시 마음 속에서 감발하는 바가 있을 것이다.

【노경임『盧景任』(1569~1620) '유금강산기(遊金剛山記)'】

조선의 시인묵객들도 천하의 명산을 구경하기를 즐겼고 특히나 산이 많은 우리나라에서는 선비들의 유람기가 문집마다 태산의 모래처럼 많다. 특히 성리학이 틀을 확립한 조선조 중기 이후에는 주자朱子가 지은 무이구곡가武夷九曲歌의 경계를 흠모해서 직접 산을 가지 않고도 산수의 경치를 마음으로 묘사하고 이를 통해 도에 이르는 길을 모색하는 사람들이 늘어났으니 퇴계와 율곡 등이 그 대표들이다.

武夷山上有仙靈 무이산 위에는 신선의 靈이 있고
山下塞流曲曲淸 산아래 골짜기는 굽이굽이 맑도다
欲識箇中奇絕處 가장 멋있는 곳 알려고 한다면
櫂歌閑聽兩三聲 뱃노래 두 세 가락 천천히 들어보소

【주자 '무이구곡가'】

사진 _ 이동훈

不是仙山詑異靈 신령스런 산이라 놀자는 게 아니라

滄洲遊跡想餘淸 주희 있던 유적 보려는 것

故能感激前宵夢 어젯밤 꿈에 선생 본 감격 살려

一櫂賡歌九曲聲 구곡가 운을 빌어 다시 노래하세

【이황 '도산구곡가'】

아! 산을 말하면 물이 그 가운데 있고, 인仁을 말하면 지智가 그 안에 포함되니, 옛날 선현들의 산을 유람하는 즐거움이 어찌 한갓 칠원漆園의 노인이 말한 백혼무인伯昏武人처럼 위태로운 길을 가서 먼 경치를 구경하는 것만 취하겠는가? 반드시 주자朱子가 무이구곡武夷九曲으로 비유한 것처럼 길을 나아가는 것이 차례가 있는 연후에 바야흐로 "물건을 관찰하여 즐거움을 얻을 수 있다.

【농곡 김명범 '유가야산록기(伽倻山遊錄記)'】

동쪽으로 바닷가를 따라서 총석정을 바깥으로 하고 동석에 들어가서 발연을 다 보았다. 삼일포에서 배를 타고 원숭이가 집 삼은 곳과 물고기와 용이 구멍을 삼은 곳으로 옛날 자장子長도 다 돌아보지 못했고 강락康樂도 미치지 못한 곳을 내 마음대로 실컷 보지 못했다. 오래도록 천상의 맑은 기운과 함께 해서 그 다할 바를 알지 못하니 알 수가 없다. 옛 사람들이 이것을 즐거워했던 것일까? 뒤에 올 자로 능히 내가 밟고 지난 것을 좇아올 자가 있겠는가? 그러나 나는 높게 솟은 것이 산임을 알고 흐르는 것이 물임을 안다. 한갓 산이 되고 물이 됨만 알고 왜 그런지를 모른다면 되겠는가? 진실로 왜 그렇게 된 것을 알고 내 마음에 얻어서 깨닫게 되면 저절로 춤이 나오고, 네 마리 수레 천 대와 만종의 녹도 그 즐거움을 바꿀 수 없으며 광주리의 밥을 먹고 베옷을 입어도 그 즐거움을 고치지 못할 것이다.

저 푸른 산과 흰 돌은 외물일 뿐이다. 즐거워하는 바가 과연 이것에 있는 것인가? 이것에 있지 않은 것인가? 나 같은 사람은 험난한 곳을 지나서 가기를 게으르지 않았으며, 높은 데 올라가서는 한 삼태기의 공이 이지러짐을 경계하였고, 흘러가는 데 임해서는 가는 것이 쉼 없음을 깨달았다. 높기는 산악 같고 혼연함이 바다와 같은 것은 그 근원을 거슬러 갔기 때문이다. 산은 끝까지 올라갔으니, 부지런히 옛 사람의 뛰어난 자취를 좇아, 스스로 고명, 광대한 경지에 이르렀다. 마침내 발군의 경지에 이른 것이 마치 태산과 개미굴 같고 바다와 도랑물 같다. 그러니 이번 유람을 떠나 이룬 것은 무엇일까?

【정엽『鄭曄』 '금강록(金剛錄)'】

어쩌면 옛 사람들은 누구보다도 여행을 많이 했었던 것 같다. 반드시 몸으로 한 것을 의미하는 것이 아니라 마음으로 여행한 것도 포함해서이다. 산에도 오르고 물도 굽어본다. 그러면서 자기 자신을 돌아본다. 거기서 선인들은 길道로서의 도道만이 아니라 인생과 자연의 근본을 탐구하는 도道로서의 길道을 보는 것이다.

아마도 지금 우리들이 스티븐슨의 여행기를 읽고 괴테의 이탈리아 기행을 명저라고 열심히 읽지만, 제대로 소개되지 않아서 그렇지 우리 조상들이 남긴 여행기를 다시 엮어서 펴내면 세계에 자랑할 만한 여행기가 무수히 나오지 않을까? 결국 우리 땅을 여행하면서도 우리가 남긴 기록들도 제대로 보지 못하고 우리는 살고 있는 것이다. 하기사 여행이라는 것이 그런 모든 지식을 떨쳐버리고 고정관념없이 훌훌 털자는 것인데, 거기에 과거의 기록들을 읽으라고 한다면 누가 좋아할 것인가? 그러나 여행이라는 것이 때로는 정신으로도 하는 것이니까 때때로 우리의 몸이 허용하지 않는다면 우리의 생각과 경험의 영역을 넓힌다고 생각하고 책 속으로, 글 속으로도 여행을 해 볼 일이다.

최근 누워서 산수를 본다는 와유臥遊라는 말이 유행하기 시작했는데, 눕지 않고 책상에 앉아서 하는 여행은 무엇이라고 하면 좋을까? 눕다는 뜻이 어울리지 않으므로 차라리 '좌유座遊'라고 해야 할 것이다. 오늘은 느러지게 좌유를 하면서 도道를 걸어가 볼 요량이다.

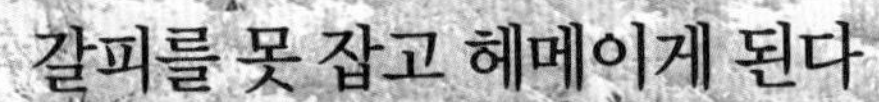

갈피를 못 잡고 헤메이게 된다

어디가 어딘지를 모르니 어찌해야 할지,
어디를 가야할 지를 모르고 아득한 심정이 되는 것이다.

「향적봉 가는 길」, 사진 _ 국립공원관리공단 | 김영탁

연말이 되면 다시 한 해를 마감한다.

올 한 해를 너무나 빨리 보냈다는 뜻이리라.

너나 나나 모두 후회 일색이지만 그 후회의 이면에는 우리가 지금 우리 앞에서 지나간 이 시간에 대해서 주인이 아니고 종이었고 노예가 되어, 우리가 시간의 흐름에 무작정 노출되고 맥없이 끌려간 게 아니냐고 저어하는 것이다.

인기를 얻고 있는 책 '걷기 예찬'(김화영 역)의 저자 다비드 르브르통은 "걷는 사람이야말로 시간의 부자이다", "그는 자기 시간의 하나뿐인 주인이다"라며 걷기를 예찬하고 있다. 정말로 우리가 복잡한 현대문명의 집합소인 대도시에 살면서 눈 앞에 지나가는 시간을 냉철하게 자기 눈으로 보고 자기가 무엇을 할 것인가를 선택하지 못하고 끌려간 것이 아닌가? 그래서 연말이 되면 항상 반성하는 것이리라.

　이럴 때에는 내가 좋아하는 조선시대의 문장가 계곡谿谷 장유 張維 선생이 말한 것처럼

추웠다 따뜻했다 어느덧 연말
비 아니면 눈 오는 날 어느 때나 맑아질고
창문에 드리우는 떨어지는 해 그림자
먼 숲엔 미친 듯 부르짖는 바람 소리
【 '안타까운 마음悶' 】

날씨도 을씨년스럽고 그래서 마음도

뜻 맞는 일 하나 없는 이 놈의 세상살이
하늘 가 뜬 구름만 이리저리 서성이네

갈피를 못 잡고 헤매이게 된다. 어디가 어딘지를 모르니 어찌 해야 할 지, 어디로 가야할 지를 모르고 아득한 심정이 되는 것이다.

한 해는 우리에게 무엇이었을까?
해마다 사람들은 희망을 갖고 새출발했지만 그 어느 한 해고

평온하게 끝나지 않는다. 정치적인 사건이 일어나고 경제적인 문제들이 우리 생활을 위협하고 사회는 이념의 충돌로 휘청거린다. 안에서만 문제가 해결되면 끝나는 것이 아니라 밖에서의 충격들이 새로운 파도로 몰려온다. 이웃나라에서는 지진으로, 쓰나미로 수만명이 하루아침에 목숨을 잃는다. 이러다 보니 사람들은 지금 자기가 어디에 서 있는지를 알지 못하고 있고 그러다 보니 무엇을 해야 하는지를 전혀 알지 못한다. 그러다 보니 정치도 혼돈을 거듭했고 국민들의 발걸음도 지질거리고 비틀거렸다. 사람들의 삶이 힘들어지니 사회는 더욱 각박해졌다.

이러다간 안되겠다. 정신을 차리자. 혼돈한 머리를 흔들고 우리의 마음과 행동을 추스르자. 마치 새해를 맞은 다산 정약용처럼 말이다.

"새해가 되었다. 군자는 새해를 맞으면 반드시 마음과 행동을 한 번 새롭게 해야 한다."
【'두 아들에게 부치는 편지'】

우리 어차피 새 해를 맞는 1월 1일에는 하루 밖에 쉬지를 못하므로, 친척에 인사를 다니기도 그런 만큼, 하루 혼자서 시간을 내어 어디를 걸어보면 어떨까? 요즈음 우리에게도 인기가 있는 일본의 방랑시인 바쇼(芭蕉, 1644~1694)는 삿갓과 개나리봇짐, 지팡이 하나로 일본 전국을 걸어서 돌았다고 하는데, 그렇게 걷다 보면 문득 그 바쇼의 지적처럼,

얼마나 놀라운 일인가. 번개를 보면서도
삶이 한 순간인 걸 모르다니
【바쇼】

느끼는 것이 있지 않을까? 우리들은 그동안 시간의 노예가 되어 있었음을 알 수도 있으리라. 우리들이 얼마나 바보 천치인 것을 알지도 모르겠다. 자연이 우리에게 가르쳐 주는 것을 우리가 못 알아듣고 바보처럼 생각하고 행동하고 있다는 것을 알 수도 있을 것이다. 그래, 혼돈스러운 머리를 흔들어 정신을 차리고 나면 아마도

눈 내리는 아침!
얼마나 아름다운가
평소에는 미움 받는 까마귀조차도
【바쇼】

이처럼 모든 것을 아름답게 볼 수 있을 것이고, 거기서 새로운 삶이 시작될 수 있을 것이다.

한 해가 그렇게 혼란으로 지나갔다면 새로 오는 한 해는 다시 희망으로 시작하자. 그리고 과연 이 한 해에는 무엇을 할 것이지를 다시 정하고 다시 새롭게 시작해보는 거다. 우리가 야심차게 떠나고 걸어 보았지만 결국 다시 돌아온 것이다. 잠시 삶에서 떠나 있어도 결국은 다시 돌아올 수 밖에 없다. 대신 다시 돌아온 나는 나를 버리고 우리가 되어보는 거다. 그리고 새해를 맞아 우리 모두 다시 시작하는 거다. 그것이 우리 모두가 지금 심각하게 않고 있는 여행이라는 전염병을 낫는 효과적인 방법이다.